有度文化

行者孤旅

A Solitary Travoller

吴佳骏 著

山西出版传媒集团　北岳文艺出版社

·太原·

图书在版编目(CIP)数据

行者孤旅 / 吴佳骏著 . —太原：北岳文艺出版社，2024.6

ISBN 978-7-5378-6839-6

Ⅰ.①行… Ⅱ.①吴… Ⅲ.①散文集—中国—当代 Ⅳ.①I267

中国国家版本馆 CIP 数据核字（2024）065279 号

行者孤旅

吴佳骏 / 著

出品人
郭文礼

选题策划
李向丽

责任编辑
李向丽
汪恒江

内文插图
邹四新

书籍设计
FAJN

印装监制
郭 勇

出版发行：山西出版传媒集团·北岳文艺出版社
地址：山西省太原市并州南路 57 号
邮编：030012
电话：0351-5628696（发行部） 0351-5628688（总编室）
传真：0351-5628680
经销商：新华书店
印刷装订：山西人民印刷有限责任公司
开本：787mm×1092mm 1/32
字数：173 千（10 幅图）
印张：9
版次：2024 年 6 月第 1 版
印次：2024 年 6 月山西第 1 次印刷
书号：ISBN 978-7-5378-6839-6
定价：59.80 元

本书版权为本社独家所有，未经本社同意不得转载、摘编或复制天地与我并生，而万物与我为一。

——《庄子·齐物论》

一个人能走多远（自序）

这些年，我去过一些地方，或因公事，或因私事。有时是一个人，有时是一群人。去过之后，眼有所见，情有所动，心有所想，便总不免会写下一点文字，作为纪念。日积月累，也就有了够出一本集子的数量。

收录书中的文章均不长，短则几百字，长则数千字，大多是一气呵成，写得自由而随意，缺乏精巧的构思，没有刻意的谋篇布局，也不去管有没有深度和力度，全凭直觉的捕捉和呈现。因此，相较于我以往的散文，这批作品可能显得散漫，更像是散文的毛边，但我喜欢这样的写作状态和感觉。高蛋白的东西吃多了，喝几口清汤也是必要的。

从表面上看，这些文字都在写景状物，借物言志，实则却是在记录我的体悟和遐思。我通过这种方式，来对自我进行梳理和擦洗。我看山看水,看花看草,根本看的还是自己。我的双脚朝外走,思绪却在朝内走。这种相向而行的步调,给了我另一种思索的空间和弹性,让我明白了此前许多没有搞明白的困惑。也许,唯有把自己放逐到大自然中去,才能做到真正的超脱,也才能对万事万物怀有敬畏之心,并深刻认识到人的渺小和伟大,局限性和创造力。当一个人走的地方多了,他的视野方才宏阔,心胸方才宽广,思考方才深邃,才可能对未来的人生做出正确的选择——以独立的姿态认真地活着。行走在路上的人,不是跋涉者,便是归乡者。出发和回归,不是同一条路,又是同一条路。故许多时候,我的远行也是归途,归途也是远行。每一条路所指引的方向,都在通往我灵魂的家园。

人生如戏,无论戏里戏外,每个人都在踽踽行走——走在属于自己的道路上。有的人走走停停,有的人星夜兼程。不管是慢走还是快走,能走就是好的。走是一种动力,也是一种活着的方式。那么,对于写作者而言,我们除了在现实生活中行走,还在文字丛林中行走,这是写作这门手艺赋予我们的特权。我们在现实中抵达不了的地方,就在文字中去抵达。我们在文字中开辟的道路,避开了现实道路上的喧嚣、泥泞和坎坷。这条虚幻之路虽然狭窄、悠长,却也让我们清醒地意识到,自己究竟在走一条什么样的道路。

只是，任何踏上这条路径的人，从来都是独自在提灯夜行，像一个寓言，也像一个童话。那么，一个人能走多远呢？谁也不知道，行走者自己也不知道。也许，他的文字能走多远，他就能走多远吧。

吴佳骏

2023年4月18日夜

目录

001 ...... 涞园寻雨

008 ...... 龙苍沟问水

015 ...... 追故乡的人

023 ...... 在雁荡山游走

030 ...... 榄核镇印象

038 ...... 那片油菜花

043 ...... 秋日寻村

050 ...... 巴廉寺的黄昏

056 ...... 江南行

060 ...... 涞滩古镇及其他

067 ...... 夜宿青年镇

074 ...... 山中精灵

082 ...... 去大山包朝圣

088	……	河鱼一日
092	……	燕云花语
095	……	看李花去
098	……	植物注解
102	……	走进大沙河
105	……	水下的乡愁
111	……	拜谒大佛寺
114	……	在路孔的那个下午
117	……	访安居古镇
121	……	青海笔记
125	……	记忆中的敦煌
135	……	红叶的舞者
142	……	巴南册页
148	……	绿地毯上的石柱
154	……	仙境之城
157	……	沁源秋色
163	……	城口的雪　城口的夜

168	……	百里竹海的风
171	……	去信丰赶秋
175	……	王家坝之夏
178	……	明月黄昏映晚霞
185	……	去缙云寺访春
194	……	去武隆
202	……	回龙春语
209	……	两江短笛
218	……	凤仪湾的昼与夜
225	……	与夜色一起散步
231	……	龚滩夜行人
237	……	宁夏时光
245	……	我去过攀枝花了
253	……	南昌写意
261	……	一个人的巫山
268	……	金佛山之雾

涞园寻雨

雨不见了。

我猜想它钻入了涞园,便悄悄地走进去,试图找到它,跟它谈谈心。我不希望雨重新返回天空,再变成云,变成云的泪珠,来撩拨五月的相思。那完全没有必要,爱一次就够了。反复地折腾,只会消耗光阴,把爱瘦成一根骨头。

可这园子太空旷了,我不知道雨到底在不在里面。如果在,它会躲在何处?草丛间,石缝中,竹林里……我找了大半天,也没有找到丝毫线索。我想,莫不是雨走丢了吧,毕竟人间太过复杂,老是会让许多东西迷路。我经常听人言及那些从人间走丢的一切——一匹马、两头羊、三条狗、四只兔子、五个小孩、六个老人……他们走丢之后,就再也没有回来。最初那阵子,会有好心人跑去四处找,像我找寻这场雨那样,但久而久之,大家也就厌倦了，失去了继续寻找的耐心和信心。于是，那些走丢的动物和人，也便渐渐地从人世间消失了，从人们的记忆中消失了。

我会放弃寻找一场雨吗？

在很多人眼中，雨并不比一只动物或一个人重要。雨也不是我的亲人或朋友，我去找它，这行为本身就显得有些荒诞。但我还是要去找它，雨不能没有明天，我不能没有寻找的动力。人活得太务实了，必须找点务虚的事情做。不然，活着有啥劲。

我断定这场雨是钻入涞园了。不然，涞园不会那么静，静得仿佛刚刚诞生。脚下的青石板有些年头了，我走在上面，感觉自己就是时间的一部分。那些凹凸的纹路，像一排排琴键。我蹲下身子，伸手弹了弹，却听不见岁月的回响。右侧的围墙呈浅灰，很像梦境的颜色。我起身倚在围墙上，眺望江对面的山景。山脉起起伏伏，被薄雾晕染得有如水墨画。墙体上，一只蜗牛，正在缓慢地爬行，企图爬到画里去隐居，偷偷地将硬壳脱下来，换上一件轻便的衣裳。它不想下辈子再负重活着，接受命运的惩罚。我多想替这只蜗牛做点什么，比如给它指一条捷径，或帮它把墙推倒。但思忖良久，终究还是什么都没做。跟这只蜗牛比起来，我并不幸运多少。

还是继续找雨吧。我收回目光，在涞园中踱步。左侧的翠竹旁，立着两座塔墓。我怀疑雨是不是跑去那里了，它是有转塔的习惯的。我曾在一座古刹的塔墓前,看见过雨转塔的样子。那是秋天,落叶纷飞。季节褪去了修饰,露出金黄色的表皮,让人想起某首老歌的意境。我先是看见雨在塔墓的第七层转,然后慢慢地转向第六层、第五层、第四层。待转到第三层的时候,我傻眼了,我分明看见雨转成了雪。雪花忽高忽低,忽东忽西,随风窜动,像是在歌唱,又像是在哭泣。直到黄昏降临,天地铺了一张白色的绒毯,我才转身离去。我把脚印留在雪地上,也留下一串童年的记忆。涞园的塔墓没有七层,我只能从顶层找起。雨是从高处来的,它极有可能藏在高处。但我从顶层找到底层,也没有察觉雨来过的痕迹。那么,雨会不会化入塔墓内去了呢,我这样想。可我的想象没有根据,塔墓中圆寂的高僧不会再敲响木鱼,将雨的前世今生说个透彻。

雨。雨。雨。我在心中呼唤着,这呼唤让我觉得陌生,仿佛木鱼在呻吟。我背转身去,想找个地方坐下来,平复一下心绪。就在这时,我瞧见那大片的翠竹全在朝我点头和挥手。我瞬间兴奋起来,以为是翠竹发现了雨,招呼我过去。我面带微笑,礼貌性地向翠竹靠拢。哪承想,那些翠竹都拒绝向我透露任何秘密。它们招呼我,压根儿就不是说雨的事,而是希望我将它们脱下的外衣——那些笋壳——找回来,替涞园缝一件百衲衣。它们相信,我既然能够虔诚地寻找一场雨,也能够虔诚地替它们寻找一堆旧衣服。翠竹的暗示,让我十分为难。我明白,寻找一堆旧衣服,并不比寻找一场雨容易。因为,它们的外衣,有的已经被周边的妇女捡去包了粽子,有的已经被当地的老太捡去做了鞋样,还有的已经被夏天捞去当成纸钱烧给了天地。翠竹不是不清楚这一切,它们叫我,只能是自我安慰。竹子跟人一样固执,明明理想都破灭了,还依然存有理想主义的幻想。

我不能在翠竹前久站。站久了,我怕把自己也站成一根竹子,参与到它们的幻梦中去。我必须清醒地活着,否则,我不可能找到这场雨。于是,我急急忙忙地朝竹林对面的草地走去,边走边回头看,我担心那些竹子会跑来追我。它们的嘲笑声,在我背后响成一片,令人毛骨悚然。

雨到底躲在哪里呢?我以想雨的方式来忘掉竹。我的心很小,只有忘掉些东西,才能想起些东西。草地绿茵茵的,遮盖着地皮。我从草地旁走过,总感觉那些草要对我说话。它们的头,在我的小腿肚上蹭来蹭去。我意识到草的想法,索性就在草地边的一块石头上坐下来,听它们到底想说什么——是说雨的去向,还是说草的枯荣,我不得而知。我只需要坐下来,就是对草的慰藉和尊重。

事实也是如此,我一坐下来,草就安静了,不再动来动去,低着头,变得极其温顺。我等着它们开口,可草却集体沉默。也许,我对它们而言,还是太陌生了,它们根本信不过我。草不敢确认,我究竟是人间的一个过客,还是一个暗探,抑或一个出逃者、一个逐梦人。在没有搞清楚我的身份之前，它们都很谨慎，怕万一开口，就会引来一场地火，将它们烧成灰烬；或招致一场飓风，将它们连根拔起，刮向不远处的乱坟岗。

我很同情这些野草，像同情世上的许多人。在此之前，我以为只有人才活得那么卑微，不想草也活得如此小心翼翼、战战兢兢。看着这片草，我也不知道说什么，我说什么都是多余的。你看那成团的茅草，头都白完了，仍在仰望苍穹，这姿势让我热泪盈眶，感动莫名。我摸摸身旁一株草的叶子，准备起身朝前走，谁知指尖却触碰到一滴水珠。我感谢这株草，它是这片草中的勇士。它以这种方式告诉我，雨一定来过。

在草的指引下，我沿着石板小路向前寻觅。头顶有两只鸟在盘旋，拖着长长的尾羽。它们飞得很低，嘴里叽叽喳喳地议论着。我听不懂它们在说些啥，偶尔还会争吵，像两个自然界的哲学家，在探讨天空和大地之间的辩证法，顺便也说说我与一场雨之间的关系。

小路越走越幽深，绕过几道弯之后，我竟然来到了一个广场。这个广场是按照太极图修建的，四周浓荫蔽日。广场的侧面，是一排二十四孝雕塑群。我伫立在广场中心，一时有些恍惚。我的左边是阴，右边是阳。无论我朝哪边走，我都是混沌的，既看不清道路，也看不清方向。正在我四顾茫然之时，从前方隐隐传来几声蛙鸣。

那蛙鸣湿漉漉的,好似被雨浸泡过。我突然感到一阵窃喜,循着那蛙鸣,我直直地跑过去,眼前出现偌大一个荷塘。风一吹,绿就溢满了山湾。可惜这是白昼,不是夜晚,没有星辰,也没有月色,我想象不出荷塘在夜间的景象。再说,荷花也未盛开,还在莲蓬里等待转世。唯有每枝荷秆上都撑开一把"伞",想盖住这蛙鸣,也盖住蛙鸣中的不安。我仔细观察每张荷叶,看雨是否就藏在荷叶底下。但观察了许久,也不见雨爬到荷叶上来午睡或示爱。

我有些失望了,在荷塘边彷徨又彳亍,差点把自己走成了一朵莲。荷塘的对面,坐落着几户人家。青砖碧瓦,竹篱栅栏,皆透出古朴和超逸之气。奇怪的是,每户人家的房门都紧锁着,不见一个人影。不知房屋的主人是不是都被布谷鸟喊去劳作了。在这个季节,乡间是不允许有闲人的。我的闯入,在农人看来,也许原本就是一个笑话。

那该怎么办呢,荷塘的旁边,就是涞园的出口。我是继续留在园中找雨,还是走出去,放自己一条生路?我即使找不到雨,也不应该丢失自己才对。刹那间,我意识到这场雨是故意在躲避我。倘若果真如此,我再怎么找,也是徒劳。想透了这一点,我顿时轻松了,也释怀了。

没有再犹豫,我走出了涞园。可当我的脚在跨出涞园那一刻,不知为何,我的眼角竟滚落出一滴清泪。我靠在石门上,身子颤抖不已。原来,这场雨就藏在我的心间,难怪我找不到它。这滴泪水,就是雨变的。

大概是雨早已窥到我的心田快干涸了,才偷偷地住进去,给我以润泽。这无疑是一场好雨,一场知春的雨。有了它的浇灌,说不定许多年后的一天,在我体内的某个空旷地带,会生长出一片更加葱郁的园地。

想到这儿,我不禁喜极而泣。

龙苍沟问水

天色暗下来的时候,我带着空空的行囊,去龙苍沟问水。诸多令我困惑和苦恼的人生难题,我相信都能通过问水找到答案。

山路蜿蜒,似一根从时间之轴上撤下来的线。上帝想把这根线拉直——拉成测量大地的准绳,谁知却越拉越弯。车在上面颠簸,我也跟着摇晃。我听见自己的思想在脑袋里喊晕。我赶紧闭上眼睛,让思想平静下来,劝它好好地睡一觉。不然,它的呕吐物,势必会沾满我的神经,弄得我的心灵也将污秽不堪。要是那样,我还怎么去问水?

我的思想很贫乏,也很温顺,不多一会儿,它就被我哄睡着了。我慢慢地睁开双眼,顿时感到脱胎换骨。没有思想的跟踪和纠缠,我彻底变成了一个轻松的人。无数次,我都想把自己掏空，只剩一副皮囊或骨架。风随便一刮，就会被抛离人间，去做天上的一朵流云，或流云下的一团影子。正如一尾厌倦了江河的鱼，终于跳上岸，不再用鳃呼吸，而是用鱼刺做成鱼钩，将自己的自由挂上去，引诱江河倒流，直至流成一片沙滩。

世间所有的生命，都渴望换一种活法。

路继续朝沟的深处延伸，两边的青山也跟着延伸，青山上披挂的翠绿也跟着延伸。在这远离尘嚣之地，它们仿佛做着同一个梦。我看着那些树，想起了众多遥远的事情。有一年秋天的黄昏，我独自走入了一片原始森林。但我忘记了进入森林是要去干什么，好像是去拜访一位隐士，又好像是去寻觅一座消失已久的庙宇。金黄色的枯叶铺满了地，我的双脚从落叶上踩过，内心悲欣交集。天就要黑了，有飞鸟开始投林。我看见有两只鸟，一只嘴上叼着一条虫子，那虫子正在与死亡抗争。另一只鸟则紧跟其后，似一个护卫，喊着口号。它们或许是观察到了我，停在前方的树枝上，魂不守舍。而它们的巢就筑在离它们不远的另一棵树上，我能清晰地听见幼鸟呼唤父母的声音。或许它们误以为我是一个猎人吧，都不敢归巢，充满警惕地望着我。我不知如何是好。我每前进一步，它们就会不安起来。看到它们担惊受怕的样子，我有一种犯罪的感觉。后来，我索性坐在地上，像一个采集落叶的人。它们见我并无恶意，手中又没有猎枪，才稍稍放松了心情，迅速飞回巢中。归巢后，还不忘探头瞅瞅我。我立起身,快步朝前走去。从它们的巢下经过时,我故意停留了一分钟,渴望那只鸟能将嘴上叼着的虫子抛下来喂给我。但我心里十分明白,我毕竟不是它们的孩子,不能去期待爱的哺育和恩赐。在生存面前,人类和鸟类都是可怜的。想通了这点,我继续在森林中苦苦跋涉。我身上带的干粮和水都已耗尽,我不知道能不能走出这片林子,更不知道能不能找到我要找的一切。林中的每棵树都沉默不语,既不指给我方向,又不引领我飞升,只静静地朝向天空生长。我在树林中穿来穿去,直到月光洒遍林间,星辰点亮夜空,我才披着满身露水,返身回到自己的家。

现在是夏季,龙苍沟的树还没有经历今年的秋天,故我的回忆对它们来说不具有丝毫的意义。它们在这里孤傲地挺立,也不是为了等我,只是在证明季节的轮回和岁月的更迭。特别是右侧的树林中,隔几米,就站着一棵死树。树枝发黑,挂满了藤蔓。风吹过,那些藤蔓就随风飘动,宛如无字的挽联。生命都结束了,还在站着等什么呢,我想。难道是在等一个樵夫,将它们的枯干伐倒,锯成短节,扛到山下的灶房火化?倘若是那样,那些死树怕是不能如愿了——我沿途不见有哪家的灶房升起柴烟。那些当年的樵夫,大半都在树死之前离开了人间。即使还苟延残喘活着的,也蹲在墙根等待太阳爬上东山。他们已无力再做任何事,他们的肉身早已无法支撑起灵魂的重量。

我决心不再去看树。我此行的目的是要去问水。但水到底藏在哪里，我并不十分清楚。沟越走越狭窄，我的心开始慌乱起来。我担心车会将我载到一片悬崖尽头，再无路可走，那是我最不愿看到的结果。我每次出去问水，都会被撞得头破血流。好在我的担忧纯属多余，就在我神思恍惚之时，车在一块碎石密布的荒坝上停了下来。坝子的旁边，建有一座小木屋。我走下车，去那木屋前看了看，那座木屋除了时间来过，空无一物。木屋的门口，有一列蚂蚁在缓慢地爬行。带队的蚂蚁个头不大，但显得焦虑重重。它并不知晓要将身后的蚁群领往何处，是去寻找新的家园，还是去攻打来犯的敌军。我将木屋的门推开一条缝，希望它们能爬进去歇一歇。但这群蚂蚁没有接受我的好意，径直朝夏天的高处爬。它们怕短暂的休整会招致更忙碌的奔命。爬在队列最后的那只蚂蚁，好像受了伤，试图用嘴咬住前一只蚂蚁的尾部，可试了几次都没成功，最终它掉队了。眼看前面的队友越爬越远，它明显有些绝望，拖着沉重的肉躯拼命地追赶，越追越暴露出自己的无力。我看着这只蚂蚁，眼眶有点潮湿，它让我想起了红尘中的某些人。我蹲下身子，捡起一根干树枝，想挑着它赶上队伍，可它无论如何也不愿抱住我手中的树枝。不多一会儿，蚂蚁的大部队就爬远了，只剩下这个伤兵，被孤零零地遗弃在天地间。

天一下子阴沉起来，我的心情也阴沉起来。活了一大把年纪，我不知道自己的心为何还是那么脆弱，既不够冷，也不够硬，还会为一只掉队的蚂蚁而伤怀。要知道，在宇宙中，跟那只蚂蚁同样下场的生灵真是太多太多了，跟那只蚂蚁同样的孤魂野鬼真是太多太多了。

正这样遐思着，我的耳畔隐隐传来一阵潺潺的流水声。循着水声望去，我远远地看到一条小溪从龙苍沟的山林中流出。那一刻，我差点惊呼起来。瞬间，我就将蚂蚁的伤痛忘得一干二净。可见，我的慈悲是多么的不可靠——我长期这样活在自己的羞耻之中。

我向那条溪流奔去，路边开满了黄色和紫色的野花，不少蝴蝶在围着花舞蹈。野花的后方，还站着一排名叫珙桐的树。这种树开的白花，人们称之为"鸽子花"。我在野花前伫立良久，知道它们都是这条溪流的知己。每一朵花蕊中，都藏着流水的魂。它们今天集体盛开，齐刷刷偏头望向我，是在迎接我这位问水者吗？如果是，那我真要向这些花朵致谢了。它们的使命一旦完成，势必会退出这个季节，去赴下一个季节的约，这让我想起中岛美雪唱的那首名叫《被爱的花和不被爱的花》的歌曲。在歌中，有红色的花和白色的花，它们都在风中摇曳。不同的是，红色的花有人爱，故红得分外羞涩，而白色的花无人爱，故只能低垂着头，感到惭愧。但不管是有人爱的红花，还是没人怜的白花，最终都会枯萎。我不知道这里的野花是否都有人爱，至少陪伴它们的溪流是爱它们的。即使它们的花瓣飘坠在水面，溪流也会护送片片落红回归花冢。

落红不是无情物，溪流也不是。不然，它不会在龙苍沟流淌那么久。水有情，山有义。山水相依，天地才有大美，人间才有生机。我站在溪流边，看见溪水正在给时间擦洗伤口。那从时间的伤口上滴下来的血，染红了溪底的鹅卵石。其中有一颗大的，半截身子露出水面，像是故意在展示时间的血痂。鹅卵石想让人知道，时间打败了那么多东西，最终却输给了自己。

水是上善的。它知道时间的疼痛，却不戳破。在水看来，时间并非永恒。它的皮肤上，就写满了时间的遗言。水日夜不息地流动，是想将时间的遗言带出时间之外。它受过时间的恩惠，也受过时间的嘱托。我被水的忠诚打动，它宁可流成时间之泪，也决不把自己流成暴雨，将时间的秘密兜售给天空。

我的心一下子澄澈了，我原本想问水许多问题，这时才发现全然多余。我即使问它，它也不会作答，只能以流动予我以昭示。既然时间都有那么多的困惑和伤痛，更何况活在时间之中的我呢，更何况我在来问水的路上见过的那些树、那些鸟、那些蚂蚁和花朵呢！

所有的追问皆是心相。我不能着相，一旦着相，时间又会回到流水，我又会回到我。那么，就让花自飘零水自流吧，就让时间抱住光阴的头吧，就让我从无我处来，到无我处去吧。

　　无我即无相，无相即无我。

追故乡的人

一

已经到了黄昏时分，夕阳正在离开世界，试图回到永恒之地去。但它不擅长告别，收拢了光线，却收不拢光线捕捉到的一切。再过些时日，秋天就该结束了，就该收拾起满地的落叶、蝉蜕和枯草，回到季节的故乡去，待上几个月，把时间让给冬天，让给雪花和火把，让给那些在寒夜里赶路的人。我不想惊动什么，我的沉默是我行走的通行证。在这个陌生的城市，我没有一个朋友，也没有一个敌人。我把自己交出来，像一个云游的僧人。云过，我向云行礼；风过，我向风躬身。我两手空空，不挂竹杖，不托瓦钵。既不乞食，也不布施。假如有一棵树，或一块石头，愿意与我一起打坐，我会心生欢喜，满含热泪地看落日缓缓西沉，看开过花的枝丫上栖满归巢的倦鸟。

二

我站在蛇龙山上，看到已逝的光阴慢慢踱着步，在回家探亲。那些长满疙瘩的树，爬满青苔的石头，落满黄叶的小径，都是它的亲人。但光阴也有失忆的时候，它在那棵树前站了半天，也没有认出树的年轮。还有那些石头，光阴也不记得了，它只记得石头压住的历史。唯独那条小径，它似乎还没有彻底遗忘。因为那些曾经从小径上走过的人，常常使光阴含泪。我不想打扰光阴，尽管我也是光阴的亲人。我的记性不好，怕见了它会叫不出名字，只叫得出被光阴改变的事物。可那些事物往往令我不安，故我变得越来越沉默，仿佛脱离了尘世。我一直在想，假如有一天，我也像光阴一样回家探亲，见到我的亲人后，会不会同样失忆，将人间的悲欢离合认作花好月圆。

三

到达浔栖江南的那个早晨，薄雾紧锁大江。我望向雾，像望向一床棉被。那掩藏在棉被下的梦，正发出江水的鼾声。我伫立江畔，似一位访客，在等待渡江的船只。冷风阵阵吹来，仿佛一桩桩陈年旧事，落在草尖上西摇东晃。身旁的那片浅草地，安放着两把空椅子。昨夜在上面坐过或躺过的人，早已在天亮之前离去，只留下一地落寞的心事，让青草绿得胆战心惊。我走入草地，想低头擦擦草叶上的露水，不想被一条狗挡住了去路。它孤单地看着我，像看着陌生的自己。我只好转身，再次朝向江面。远处，几只白鹭在飞，忧心忡忡的样子。不知道它们将要飞向哪里？它们的飞翔，让我想起多年前的一次自我放逐。大雪封山后，所有的道路都阻断了，我只好待在原地，等翌日太阳升起，再风雨兼程。

四

猛山到处都是养蚕人，只有我是观蚕者。自从那一年，我从故土的桑树上摘下一包桑葚，自己就告别了农耕。蚕从此吐出的丝线，再也没有结茧，只缠成记忆和思念的结，将我牢牢裹住。如今在这里再次见到蚕，我有点惴惴不安，仿佛曾经那片消失的田野，又复活在了我的眼前。我感觉自己重新成了一个养蚕的孩子，背着背筐，在晚霞下采摘桑叶。只要将蚕喂饱了，我也就饱了。也就是说，我喂养过的那些蚕，都对我有救命之恩。

但在猛山，养蚕早已成为一种产业，它所带来的价值，已不只关涉一个孩子、一个家庭，而是一个地区的命运。可不知为什么，只要看到蚕，我的心还是会隐隐作痛，因为蚕在吐丝的时候，许多乡村女人的黑发也在变白。

五

在张家院子，我愿意坐下来，变成墙角的一朵小花，或池塘边的一缕斜阳。我还愿意将时间变短，把感受拉长。最好四周听不到一个人声，让天空静止，让大地寂寥，让自己成为自己的知音。早晨，我可以坐在竹林中掬露水洗脸；中午，我可以站在果林里摘柚子充饥；晚上，我可以躺在星月下枕臂入眠。既不需要猫，也不需要狗，更不需要飞鸟和萤火虫。倘若那些曾经爱我的人想继续爱我，就让他们静静地爱好了；倘若那些曾经恨我的人要继续恨我，就让他们悄悄地恨好了。反正我已不悲不喜，不爱不恨。我只想守住这块清净地，退出人群，留出我的余生。生命实在太短暂了，没必要患得患失，碌碌庸庸。从今往后，我不再寻找，只需放下，把错过的时光都挽回来，一个人安安静静地过。

六

世界上不只有晚熟的人，还有晚熟的柑橘。我在晚熟的季节看到晚熟的这一切，内心充满了无限的欣喜。晚熟是一种后退，也是一种预言。成熟得太早的人和事物，也可能最先走向腐朽和没落，这是我在走进柑橘林后所获得的启示。那些橙黄色的柑橘，挂在枝丫上，好似一盏一盏小灯笼，在等待点灯人。秋风从远方捎来口信，拟将它们的甘甜和成熟带到冬季或春季去，送给那些追赶故乡的人。我在林中走了许久，从不成熟走向成熟。我的走动也是橙黄色的，像夕阳下异乡人嘴里发出的乡音。我摘下一个橘子，没有吃，偷偷地放入行囊。我需要带着一个晚熟的柑橘赶路，以便在途中遇见一个早熟的人时，好掏出这个晚熟的柑橘赠给他，互相微笑着道声好，再各奔各的行程。

七

到太极湖上去感受太极，我有时是阴，有时是阳。嘉陵江水流过的地方，黄昏醉了夕阳。假使有一条木船，那就更好了。让它载着我和我的吟唱，从东关沱到西关沱。速度一定要慢，慢得根本不用分针和秒针来计算时间。我不是桃花，不需要戏逐流水；我也不是游鱼，不需要向水问道。我只是太极上的一个圆点，四周都是未知数，是零，是无限，是永恒。如果船自己偏离了方向，靠不了岸，那也不要紧，我就在湖上安心地住下来，成为一只沙鸥或野鹤。直到沿岸的松林里，谁举起石锤擂响了石鼓，有一个人牵着历史的衣襟，从汉初古城遗址里走出来，向我招手，或飞鸽传信，我的木船才会系缆，上岸向世人讲述一个当代传说。

八

那天傍晚，我踱步到广场，看了一场水的表演。我不知道这些水来自地下还是天上，它们都穿着五颜六色的服装，在音乐的伴奏下，翩翩起舞。我站在远处，不敢靠近。我怕水落下来溅起的水花，会打湿我的思绪。从前在乡下，我倒是见过凝固的水，它们将自己变成雪花或冰块，死死裹住自身的干净和纯洁。待到来年开春，再化成水给路过的僧人洗脸，或给受伤的鸟雀洗眼睛。但这里的水不一样，它们是奔腾和喧噪的，性格里暗藏着火焰和炸药。只要将无数的水柱交织在一起，夜空就不再寂寞，暗夜就涌动活力，这是水的另一种价值。不是所有的水都一定要安静，要流深。水跟人一样，也有不同的面貌。有的水灭火，有的水点火。有的水供人饮用，有的水只为烘托气氛，这都很正常。水分清浊，人分善恶。水表演给人看，人表演给人类看。

九

站在宝箴塞上，我有一种不安感，那些碉楼和瓦檐正在被秋风命名。每一个名字，都沾满了腥风血雨，闻之令人战栗。我不知道这里曾经发生过什么，从清朝宣统辛亥年秋起，就有匠人在此处凿石开山，叮叮当当的敲打声，摩擦着那个朝代的皮肤和神经。身逢乱世，每个人都是一位残兵败将，都需要自我开辟一个堡垒，把一张张不幸的面孔，雕刻成一帧帧寄不出去的明信片，替自己和时代存档。在宝箴塞上游走，我见到许多这样的档案。那些绘着花、鸟、龙、凤的图案，都在提供档案的线索。还有那八个天井、一百零八道门，以及正塞与尾塞之间修筑的戏楼，皆在告诉我岁月没有静好。一切祥和，一切歌唱，都不过是眼泪的报答，都不过是幸福的背影。

十

沿着环江村漫步，我看见时间并未走远，它走到村外三里路的地方，又折了回来，给这个浸满风霜的古县城一个长久的拥抱。时间舍不得它所孕育的物证，倘若它走了，记忆就将失去依凭。那些老房子，那些古街道，那些青石板，那些绿化树……都将成为岁月的墓碑。我在一座老宅门前的青石台阶上坐下来，从石缝中长出的杂草紧挨着我。它们似乎想开口说话，又不知道说什么好。历经无数次枯荣，草已经忘记了兴衰的痛苦，变得安静了。也许，它们也并不是要说什么，不过是想等待一个人，陪它们坐坐。而我恰好路过这里，又愿意坐下来，停留几分钟，看看人离去后，草是怎么活的，又是怎么祭祀历史的。只可惜，我不是草，我没有草的忠诚。我坐了不到十分钟，就起身离开了。我离开后，时间也离开了。杂草在秋风中使劲挥手，向我们告别。

在雁荡山游走

在雁荡山游走，我遇见了云朵和太阳。这是冬季，太阳很少出来露脸。只在云朵感觉到冷时，它才跑出来暖一暖。太阳一照，云朵就开始撒娇，在天空变幻着形态飘动。从这个山头飘到那个山头，又从那个山头飘到这个山头。它们时而将太阳遮住，时而将阳光散开，捉迷藏似的。但太阳毫不生气，只紧紧地跟随着它，像一个男子惯着他任性的恋人，又似一个母亲罩着她顽皮的孩子。

我在太阳下走着，也在云层下走着。走着的我，也便有了云朵的姿态和太阳的光亮。这种感觉和幻境，深深地打动了我。同时打动我的，还有那些奇形怪状、高耸入云的山崖。它们使我获得了一种高度。仰望山，即是仰望一种境界。在红尘中活久了，我们早已习惯了匍匐，把心低到尘埃里。可雁荡山，让我有一种飞翔的欲望。我渴望站在一个高处，打量这个世界。宛如太阳照耀着白天，月亮守候着夜晚。

在大龙湫入口，立着一块形似剪刀的山峰。虽然表皮锈迹斑驳，落满了时间的垢甲，刀刃却无比锋利。上天握着它，裁剪流云和飞瀑；大地握着它，裁剪山水和岩画。雁荡山的一草一木、一凸一凹、一景一色、一秋一冬，都是这把剪刀的杰作。我从剪刀峰下走过，我的心情也被裁剪了。它裁掉了我内心的忧愁和彷徨，剪去了我精神上的阴影和杂乱，让我轻装简行，把自己腾空，以做减法的方式，去走更长远的路。

有时候，人就是这样，为求飞得更高更远，总是不断给自己插上翅膀。翅膀一多，反而飞不起来了。很多人都被翅膀所累。他们羡慕鸟，却没有鸟的智慧。鸟之所以能翱翔，不只是因为有翅膀，而是因为鸟忘记了自己是在飞翔。那么，人若真想飞高飞远，就应该剪掉翅膀，给心插上羽毛。只有心的飞翔，才能使肉体脱离苦海，获得一种大逍遥、大自在。

越往大龙湫里面走，我的心越静。心越静，就越能感受到你平时所感受不到的事物。在穿过一条绿荫小道时，我望见右边的山崖上，镌刻着一尊酷似鲁迅先生的肖像。他目光淡定，面容严肃，充满正义地瞭望着远方。那形象和气质，是另一种高度。一种中国式高度，与天地精神共生。我顿时觉得，雁荡山的石头也有了思想。那每一道裂纹，都是思想的棱角。我甚

在雁荡山游走

至还觉得，这些威猛、险峻的岩石，一定是地球在亿万年前的一次发火后，流淌出来的思想岩浆。岩浆凝固了，就是现在的样子。地球想让人类明白和记住它为什么发火，便在历史长河中找了若干年，才找来一个思想接近它的人，将其形象雕刻在崖壁上，铸成永恒，让每一个看到他的人生发出敬畏。由此说来，宇宙才是真正的智者。人在宇宙面前，统统变得那么傻、那么蠢。

大龙湫瀑布，是另一种思想，流动的思想。它从山崖顶端飞泻下来，也是从远古的时光和银河里飞泻而来。水使雁荡山有了柔软的性格，就像云和鸟使天空有了柔软的性格。瀑布流过的地方，崖壁都成了黑色，那是思想碰撞和沉思后留下的烙印。我在瀑布底下的潭池边找了一块石头坐下来，聆听瀑布下坠的声响。这声响，居然跟我的心跳声一模一样。我终于知道，我的体内也有一道瀑布在流淌。我活着的每一个细节，都是我思想的形态。我沿着雁荡山游走，也是在沿着我思想的山脉游走。我以游走的方式，完成我自己和思想的超越。

一阵风来，将瀑布吹成细雨，洒落在我身上，也洒落在我坐着的石头上。我和石头，同时经受了洗礼。当我再次从石头上站起来，准备继续前行时，我有了一种重生之感。我从瀑布编织的雨帘里穿过，仿佛从岁月的缝隙里穿过。我用短短一分钟时间，就走过了天地用亿万年时间铺就的路程。

从大龙湫往回走，我目睹了另一种穿过和飞翔。一根钢索连接两山之巅，像一条河流，连接此岸与彼岸。一个人徒手从钢索上穿过，身轻如燕，好似被风刮着朝前滑动的气球。他在大地之上，天空之下。他的身姿比鸟更迷人，比云更洒脱。他以胆量和绝技，替很多人实现了一辈子都实现不了的梦想。我不禁感叹，一根钢索，就是一条生命线。人从钢索上穿过，就是从生命的四季里穿过，从现实和梦境中穿过。那根钢索，是一条时光之绳。它串起了一个人的青年和中年，连接起了一个人的前世和今生。

雁荡山有很多古寺，每一个古寺，都是山的一个灵魂。在普明寺后山的一间禅房里，我依窗眺望，看到了远方的树和山影。那些树木，有的苍劲，有的青翠。它们在山上站了许多年，才站成佛的模样。我在眺望树的时候，树也在眺望我，我们彼此是彼此的风景。

阳光从窗口照进来，那幅橘黄色的窗帘顿时像被镀了金，整间屋子也遍洒佛光。瞬间，我被一种辉煌包裹住了。那是一种宁静的辉煌、朴素的辉煌。我仿佛成了一个隐士，获得了一种力量。

同样的禅境，我在能仁寺也曾体悟过。能仁寺比普明寺大，也更空旷。我在寺院里走着，像一个僧人在朝圣路上走着。不同的是，僧人是出世的，我是入世的。但不管出世还是入世，我们都走在自己的心路上。心路是离自己最近的路,也是离自己最远的路,更是一条难走的路。有人走了一辈子,都在心门外徘徊。

在能仁寺旁侧,置放着一口大铁锅。那是另一颗"心"。它被大火焚烧过,被历史浸泡过,被风沙腐蚀过,被骄阳炙烤过。如今,它依旧岿然不动地裸露在那里,盛放兴衰与荣辱,容纳慈悲与佛法。

在雁荡山游走,是我的一次转经。

夜晚的雁荡山,则是另一番样子。在灵峰山下,我看到了雁荡山的剪影。那一幅幅形态各异的图案,被黑夜放大了成百上千倍。山寂寞得太久了,也会在夜晚跑出来活动筋骨。它们把自己变成人的模样、动物的模样,上演一幕又一幕话剧。

我看见一对情侣,站在山顶吹风。风不知是嫉妒,还是羡慕,竟把他们的定情信物给刮走了。那颗在老鹰头上闪烁的星星,就是被风刮走的钻石。

那对情侣着急了,跟着风漫山遍野地跑动。他们试图从风的手中夺回信物,可风实在是太快了,它一狂奔,就越过了千年万年。情侣俩跑累了,在灵峰山右侧的一块石头上坐下来,想歇一歇。不想,这一坐,都坐成了老头老太。两个原本相爱的人,就这么在逐爱中,走向了永恒。

当我抬头看见他们年老后的样貌时,真是感慨丛生。他们一个在山的这边，一个在山的那边。每晚都能相见，却每晚都不能相守。世间的荒诞之事太多了，有时别人的一个恶作剧，或一个不经意的玩笑，就可能毁掉一个人的一生。

风大概知道自己做错了事，才用了亿万年时间，在合掌峰上凿开一条缝隙，请来僧人，修建了一个叫观音洞的庙宇，作为自己的忏悔之地和修行道场。后来，不少人受到风的感化，纷纷来到观音洞进香、礼佛。观音洞自此香火鼎盛。风终于把它曾经刮走的东西，重又交还给了人间。

夜静了，我披着月色离开，突然耳畔传来几声钟响，每一声，都是绝唱。

榄核镇印象

一

这是夏天,流火的夏天。人坐在车里,像坐在锅炉上。车窗外,万家灯火,一片璀璨。广州堵车竟也这般厉害。在时停时走的车流中,同行的几个写散文的朋友开始东拉西扯,你一言我一语,以此掩盖内心的焦躁。夜越来越黑,越来越深。我靠在汽车座椅上,眼睛盯着车窗外,幻想一些不着边际的事情。倏忽间,我感觉自己已然是一个异乡人了。我被自己所放逐,正在奔向一个陌生的城市,陌生的城市里一个陌生的小镇。我虽然对这个小镇没有概念,但它却给了我一个使人充满幻想和浪漫色彩的名字——榄核镇。

车子继续擦着夜色的皮肤一路前行,我似乎能听见夜的皮肤撕裂的声音，不远处那些闪烁耀眼的灯火，大概就是摩擦时生出的银花吧。在大城市生活久了，每遇这种情形，我就头晕，内心滋生出恐惧，恨自己不能长出翅膀，绝尘而去；抑或变成一只蝙蝠，把自己挂在屋檐上，躲在自己的梦境里，与月亮对视，与繁星凝眸。正这样想着，车终于抵达了我们住宿的旅馆。旅馆有些陈旧，很能刺激人的回忆。我仿佛穿过城市的繁华，回到了过去某个时间的端点上——我放逐自己，难道是为了回归的吗？

进入房间，果真有了回家的感觉。放下背包，推窗眺望，刚才的喧嚣俱已隐藏，只剩下我自己和榄核镇的无边空旷。楼下的大街上几乎没有行人，路灯暗黄的光线洒满街道，像铺了一张褪色的金毯，在等待天明的到来。我回转身，赶紧洗了澡，把自己放入了梦乡。

二

翌日清晨，我们像一群追逐阳光的人，去村里游览。最先扑入眼帘的，是一大片甘蔗林。青绿色的叶子在风中摇曳，发出细碎的声响，好似林里藏着几个孩童，在窃窃私语、追逐嬉戏，寻找童年的欢愉和梦境。天空上，白云移动，一会儿东一会儿西，却始终在甘蔗林上面徘徊。我总觉得，那些云团是这些甘蔗的魂魄。它们把甘蔗的糖分带上天空，献给飞鸟，献给空气，献给清风，也献给雨水和光照。

天地孕育万物，我从甘蔗林边走过，我似乎听到了甘蔗拔节的脆响，我似乎看到它们体内流淌着饱满的汁液。每一根甘蔗，都藏着一个生命的密码和一个生长的故事。只是那个故事我们人类不懂。我们从甘蔗里尝到的甜，也许恰是甘蔗生长的苦。这样猜度着，我终于明白，为何甘蔗的秆都那么粗，那么壮，它们的肉就是它们的骨骼。那细长的叶子，既是一把锋利的刀，也是一柄尖锐的剑。它们以这种方式使人记住——凡是吮吸甘蔗糖分的人，肚子里都有一片刀光剑影。

甘蔗林旁边，是两块平整的草地。不细看，还以为是地皮上长了绒毛，翠绿娇嫩。起初，我以为是专供牛羊食用的。转了几圈，却并不见有牛羊的身影。地上也不见有牛羊的粪便。正纳闷，忽然看见有几个头戴草帽的男人，从侧面的厂房里用手推车推出几大捆布匹在草地上晾晒。那些布匹宽窄相当，但都很长，大概有好几丈，一律被染成赭红色，漂亮而迷人。布匹应该是刚刚从染缸里捞出来，还在滴水。我突然觉得布匹也喜欢贪杯，泡在染缸里大口喝红酒，竟把自己喝成这般模样。我蹲下身子，用手摸了摸布匹的脸，很滑，很轻，很细，很柔……瞬间，我感觉自己也醉了，那满地的布匹是满地的红晕。

我问晒布的工人，这是什么布料？他们说这叫"香云纱"。

很名贵的,一般人买不起。于是,我又仔细看了看这种布料,还是没能看出它究竟名贵在何处。我所看到的,只有布匹的醉、布匹的红、布匹的不安分。那一刻,我再一次感到,即使再名贵和高贵的事物,都有寂寞的一面。"香云纱"以它的寂寞,衬托出了穿它的人的高贵。同时,"香云纱"又以它的名贵,暴露了穿它的人内心的寂寞。

三

从香云纱的醉里清醒过来,时间已近晌午。沿着一条水泥公路往里走,一对蚂蚁跟在我身后,仿佛我是他们的"王"。它们跟着我一起,在榄核镇游览观光。或许,是我想多了,它们不过是把我当成了一个新来的"导游"而已。公路右边,种植着大小不等的树,有的树生长年限已有几十年,粗粗的树干似一根根放大的铜管。我走近树身,附耳聆听,我感觉树在笑。那种笑,是"老树阅人多"的笑,淡定,沉稳,带着几分禅意。

公路左边,是一片苗圃。树苗叶子呈红色,在阳光下异常亮丽。远远看去,像一个个穿着红衣的仙子,在丽日中舞蹈。圃中有几个水枪喷头,正在给树苗浇水。水雾迷蒙,若隐若现,恰好给那些舞蹈着的仙子营造出幻梦般的氛围。我不是个好观众,我看了很久,竟不知道这种树的名字,也不知道它们表演的舞蹈的名字。在人世间行走，我不知道的东西太多了，也不想刻意去知道。不知道是另一种知道，这种知道的名字叫敬畏。

继续顺着公路往前，出现了一条河流。河水不深，但能看出水流动时的缓急。据说，每年端午，村民们会在这里举行龙舟赛。这是村里的传统，有传统的村子都是有根的。我未能亲见举行龙舟赛时的盛况，但我能想象到村民们在劳动之余的这种放松和闲适——一个个汉子身穿盛装，坐在龙舟内，奋力划桨，鼓声短促，号子震天。舟在水中滑行如梭，舟后的水面演绎出一道道力与美的波纹。

河岸上，还有一棵老树，枝干向河面倾斜着，似与河面接吻。浓密的树荫覆盖着河面，一群小鱼在阴凉处游来游去，几只水鸭也在树底下虚度光阴。我想，那棵树一定是感念这条河的，这条河也一定是感念这棵树的。我站在树下，听风吹树响，听河流喧哗之后的平静。

四

河道旁侧，便是有名的湴湄村了。湴湄村是音乐家冼星海的故乡。村中的广场上，塑有冼星海先生的雕像，他目光如炬，风度翩翩，一派艺术家气质。我围着广场踱步，不远处有三两个健身的人。如今，这里已经成为一个休闲公园。烈日当空，阳光从树枝间泻下来,有几只蝉在树丛里聒噪。忽然间,我感觉那些阳光投射到地面的阴影,形成了一张五线谱。我的每一个步子,似乎都踏着一个音阶。就这样,我享受着属于我内心的节律,聆听着来自过去年代从一个渔村发出的动人乐音。没有人觉察我此刻的感触,同行的其他人全蹲在雕像前合影。我没有加入他们的队伍,我讨厌这种方式。来到涺湄村,是不应该带相机的,只需带一双耳朵和一颗干净的心。

沿广场右侧漫步,见另一条河流。河水浑黄,水草摇曳。我猜想这条河定是从冼星海先生的音乐旋律里流出来的。河面上架起一座小桥,我从桥上走过,有不少当地村民在兜售菜蔬和水果。他们所卖的东西都很新鲜,像是刚刚从菜园或果园里摘来。面对此情此景,一股浓郁的生活气息扑面而来。都说艺术来源于生活,这些当地的民风民俗,一定是深刻地影响过冼星海先生的吧。不然,他的作品就不会有那么深邃的思想和人民情怀。

小桥两端,栽种有几株高高的龙眼树。一颗颗龙眼饱满圆实,金灿灿的。我喜欢吃龙眼,却是第一次见龙眼树。这种树在我们西南地区是没有的。我有些好奇,在树底下望了好半天。像一个从大山里走出来的小学生,望着铁轨延伸的方向发愣。

河道沿岸依旧住着原住民,他们的房屋全都建成现代化的楼房,只是很少见到人影。我慢慢地走着,宛如走在一条幽静又寂寥的小巷。不知为何，那一刻，我也很想逢着一个丁香一样的姑娘。然而，很遗憾，没有。我逢到的，是一只牵牛虫，趴在一棵凤眼树上。这里的凤眼树很多。我听说，这些树大多是以前栽的。按照当地旧时风俗，凡哪家有媳妇生孩子，若生的是女孩，就在自家门前栽一棵凤眼树；若生的是男孩，就栽一棵龙眼树。如此说来，我遇到的这只牵牛虫，难道是某位男孩或女孩幼时喂养的自己的梦吗？不去想象了。我抓起牵牛虫，瞧了瞧它身上的花纹，又将它放回到了树上。

五

下午的阳光终于收敛了些，没有上午那么燥和辣。稍事休息，我们一行人来到榄河坐游船。船是相当豪华的，分上下两层。船内设施一应俱全，简直是一个移动的家。我是一个恋家的人，坐在这"移动的家"上，我反倒生出一种"移动的乡愁"，好在河道两岸的风景很快便抚慰了我恋家的心情。

船速不是很快，从船窗看出去，两岸绿草丛生，一根一根的草，筑成天然的栅栏。我伫立船头，朝船前行的方向望。这里原是一片滩涂，后来有了人烟。人们在滩地上建房筑屋，居家过起了日子——一种野外的逍遥。这里的房屋都不敢建高，怕沙质的地基松动，故经年后一些发家致富的人家都纷纷迁往别处，只剩下一些恋旧的人家还在此地过着"水样的生活"。

枕水而居的人是有福的。试想，每当夜晚来临的时候，天空一弯新月照亮大地。村人们来到河流边，濯足，浴身，坐在水草边，看月色在水中荡漾。夜风轻拂，送来天籁之音，那该是多么惬意而滋润的生活。

可惜我不是榄核镇的人，我没有福气享受这种"诗意的栖居"。这不，还没等我从对"诗意栖居"的想象中抽身出来，船就掉了头，朝返回的方向驶去了。

我从船头上退回船舱，像把梦想放回大脑，把水放回河流，把风放回季节，把憧憬放回远方，把我对榄核镇的印象放回我这篇文章。

那片油菜花

到达潼南的当天,下了点小雨。天灰蒙蒙的,像罩了一层纱。从住宿的宾馆窗户望出去,正好看见对面的杨闇公墓。两旁翠柏森森,浓荫掩路。历史的邈远,仿佛一下子拉到了眼前,多了几分沧桑,也增了几分厚重。

我想,菜花怕是看不成了,便匆匆洗了脸脚,躲进被窝,把自己送入了梦乡。岂料,翌日早起,天竟然放晴了。灿烂的阳光,一扫昨日的阴霾。我的心情,也随之高兴起来。

吃完早点,我们先到宾馆附近的大佛寺转了转。寺庙有些陈旧,古木苍苍,梵音阵阵,有几个僧人,在院落里走动,给寺庙增添了生趣和禅机。我走进寺内,见一大佛,趺坐崖壁。雄伟的姿态,淡定的容颜,真有看破红尘的脱俗和高深。

据史料记载,该寺庙曾遭到过几次洪水的淹没。在大佛旁边的岩石上，还刻着几条水位线，记录下了每次洪水淹没的高度。然而，屡遭劫难的大佛寺，却并未因此而受到毁灭性的摧残。经过当地政府的及时抢救和保护，大佛依然稳坐山畔，看云卷云舒，观世间万象。用它的佛法，护佑着潼南世代善良、勤劳的人民。

站在大佛寺前面，极目远眺，一条溪流，回溯蜿蜒。几个垂钓者，手持鱼竿，静静地蹲在溪边，钓鱼，也钓时间。在大佛寺门前垂钓，所钓的恐怕不是鱼，而是别的什么吧。

溪流的对面，几块良田，错落分布。隐约可见一片淡黄，随风摆动——那便是菜花了。我真想变成一只蜜蜂，腾空而舞，去嗅嗅菜花的清香。可同行的朋友说，那几块田里的花，只是菜花的序曲，真正的菜花，还在别处呢。

于是，在朋友的带领下，我们便朝着真正的菜花园进发了。

车在弯曲的山村公路上穿行，公路两边全是农民的住房，随处可见农人扛锄背篓，在地里劳动。他们常年住在这里，靠山吃山，靠水吃水，用自己的汗水浇灌这方土地。他们才是真正敬畏土地的人。看着他们的身影，我们住在城里的每个人，都应该学会谦卑。

大约过了四十分钟，车在一条大坝下停住。从车里出来，阳光明亮了许多，空气也变得清新起来。朋友说，大坝的那边，就是菜花园。我急不可耐地冲上堤坝，果然，视野里黄艳艳一片.

菜花的香味扑鼻而来，我周身都被菜花的金黄包裹了似的。

沿着堤坝缓步而行，见不少的游人欢呼雀跃，他们大概也来自城市，平时很少看到自然风光，都扔掉了身上的负累，放开性子，撒起野来。有的向着菜花狂喊："菜花，你真美！"恨不得将自己融化在菜花丛中，燃烧一次。

我问朋友，这里叫什么地方，朋友说叫崇龛镇。崇龛，一个古典味十足的名字。我顿时对它好奇起来。我想，这里一定藏着什么有趣的故事。就在我们攀登堤坝对面的山时，一条标语赫然映入我的眼帘——陈抟老祖故里欢迎您！我的心咯噔一下，这里竟是陈抟老祖故里？难怪这块风水宝地如此有灵气。四面山脉绵延，山下河流环绕。站在烟波岭上俯瞰，那片菜花地，竟然构成一个八卦图案。这不得不让人感到惊奇，浩浩天地，充满了幽玄与奥秘。

从山上下来，我们便走进了"八卦"迷宫中。在花丛中穿行，人突然变得精神了。蜜蜂翩飞于菜花之上，像古代宫廷里的侍女，在富丽堂皇的宫殿中起舞，舞姿轻盈。那些油菜不知是何品种，茎秆比人还高。走在菜地小道上，菜花遮盖了头顶。只听菜地对面传来阵阵欢笑声，却并不见人。这宛如童年时，跟一群小伙伴捉迷藏。那种纯真的友谊和两小无猜的缱绻，令人怀念。

好不容易从"八卦"中走出来，我们又上了一条船，从白沙村码头，沿琼江前进。此时已是正午，太阳越发明亮了。舟行水上，如游画中。琼江两岸，菜花依旧浓艳。江风吹来，不时将菜花吹落江面，花随流水，惹人怜惜。江的远处，几只水鸭在戏水，翅膀轻拍，脖颈相交，那抹柔情，那份投入，怕是多情的人类也是无法比拟的。我掏出相机，抓拍了一张照片，想把这难忘的瞬间定格下来，没事的时候，把照片拿出来看一看，感动感动自己。不然，在城市里待久了，心就会变得麻木。心麻木了，比什么都可怕。拍完照片，抬眼，岸边挺立着两棵高高的杨树。它们在蓝天白云下站在一起，像一对生死与共的夫妻，守着脚下坚实的土地。树丫上，筑着一个鸟窝。一只大鸟，正衔着食物喂它的儿女。阳光照着它们，照着一个树上的家，温暖如春。

船停，上岸，朋友安排在一个餐馆吃农家菜。菜都是家常菜，农民自己种的，绿色、无公害，吃起来爽口。在城里，是吃不到这种菜的。那天，我敞开肚皮，美美地饱餐了一顿。我想，要是有时间，来这里住上一两个星期，人必定会变得安静，身体也会很健康。

吃罢饭，借着兴致，我们还去了油菜生态博览园参观了一番。这里真可谓是一个油菜的大观园。上百种油菜争奇斗艳，各开各的花，各结各的籽，但又共同营造出一片亮丽的风景。

下午就要离开了，同行的朋友纷纷掏出相机，合影，留念。

尤其是那些女同志，在油菜花前摆尽了各种姿势，与其说是拍照，不如说是与花媲美。倘若只从外表看，人是无论如何比不过花的。好在，正是因为人有一颗善良的心，才不至于在花的面前感到羞愧。

秋日寻村

一

初秋天气，节令还夹着夏日的尾巴。溽热依旧是主色调。坐在大巴车内，阳光从车窗外射进来，像一根根银针朝皮肤上扎。我拉上窗帘，试图将光线挡在玻璃之外。然而，那根根银针照样穿帘而过，毫不留情。我只得闭目假寐，以禅定的方法抵抗阳光的入侵。

汽车一路奔驰在从石柱县的黄水镇去往石家乡黄龙村的公路上，我已经出门好几天了，前几日一直在彭水、石柱的各个村寨里走访。这些村寨大多很偏僻，车去不了的，就采取步行。我跟同行的作家深一脚浅一脚地在石板路或土路上行走，村人们见了，先以为是下乡来的干部。仔细一瞧，不像，努努嘴，又埋头干活去了。我们尽量走得从容,把自己装扮成旅游者,可我们心里明白,我们并不是来旅游的。我们此行的目的,是为了那些古村落。我们希望通过深入的走访、考察,借助手中的笔把这些正在消失的村寨和正在断裂的民俗文化记录下来。

五个小时之后,我们终于结束了汽车带来的颠簸,抵达了目的地石家乡黄龙村。车在一条乡村公路边停了下来,那是一个典型的村级公共汽车停靠站。几根水泥柱子搭建的站台上坐着五六个村民,他们在向过路人兜售西瓜、鸡蛋和土特产。这种场景我在很多乡村都见过。自从公路修到村寨后,到乡下度周末或休闲的人开始多起来,乡民们便借机做起了生意。由于他们所卖的菜蔬和活禽,都是自己亲手种的或自家饲养的,购买者都愿意出钱购买。在城市里生活的工薪阶层,能够买到未使用过化肥、未喷洒过农药的蔬菜和未喂过饲料的鸡鸭,已经是难得的福祉了。

我们一下车,卖东西的农妇便大声叫卖起来。我走过去看了看,他们所卖的物品果然新鲜,有南瓜、丝瓜、番茄和晒干的野菌子。我在征得售卖者同意后,拿起一个小番茄尝了一口,那滋味果真地道,不像从城市的菜市场里买回来的那种番茄,吃起来没有一点番茄的味儿。要不是考虑到携带不方便的话,我真想买几斤在路上吃。

二

黄龙村究竟是怎样一个村子，我不得而知。只依稀听闻，这个村子里隐藏着几座旧民居，保存完好，颇具特色。然而，我早已对这样的传闻失去了信任，除非眼见为实。近年来，很多地方大力发展乡村旅游，都在打"民族风情"这张牌。但真正名副其实的古村落少之甚少，有的地方本已无古村落可寻，只剩下破败后的废墟，却非要在废墟上新建起一座仿古村落，以此借题发挥，吸引旅行者眼球。这种在观念指导下催生的村镇，也就没什么意义了。你去了之后，既感受不到历史的根脉，又无法领略民间文化的原始风情，只能白白浪费光阴。因此，在去寻访黄龙村的路上，我一直心怀疑虑。

进村之路是一条石板小道，弯弯曲曲宛如一条褪色的飘带。那些石板应该有些年份了，表面已被进出的村民踩磨出凹痕。我刚一踏上此路，就顿时感到岁月厚重的力量。石板透露出来的沧桑感，让我对将要寻访的民居满怀期待。我愿意相信这条路是通向村落的一条"引线"，顺着引线摸瓜，势必会有不错的收获吧，在这个秋色弥漫的晴日。

骄阳长时间照在石板上，使得石板像一面面平底锅。脚走在上面，有种被烫软的感觉。我试图加快行走速度，但到底没能快起来。路两边的景致实在太迷人了。我宁可让脚掌变成两片"烤面块",也绝不想让自己错过欣赏如此美景的机会。稻谷成片地在田里成熟,有的稻叶渐渐变黄,谷粒渐渐饱满。估计再过十来二十天,就可以收割了。有蚂蚱在稻丛中间蹦跳,那是它们的乐园。记得蚂蚱是最爱吃稻叶的,每年夏季,它们都会成群结队地朝有稻子的田塍飞奔——那必将是稻叶的灾难。尤其到了稻谷收割时,只见密密麻麻的蚂蚱在稻田上空飞舞,好似有数不清的微型轰炸机在空中进行军事演习。短短几天时间,这些饕餮般的蚂蚱便可将一块稻田里的稻叶啃成锯齿状,只剩下纤细的叶梗。农人最讨厌的就是蚂蚱,但又有什么办法呢,世界是人类的,也是自然万物的。偶尔,还会从稻田里传出几声蛙叫。我已经许久没有听见蛙声了。在我的印象中,青蛙是遁世的隐者。它们白天较少出来活动,只在夜间出来觅食。以前,食蛙流行,蛙肉成为城里人餐桌上的美味。这导致不少农人一窝蜂地跑去田里抓捕,越到后来,有人竟然使用药物的方式捕蛙。这一人间罪行,险些让蛙惨遭灭门,断子绝孙,就像过去年代集体灭绝麻雀的行动那样悲惨。人类犯下的罪行真是太多了,用罄竹难书来形容,丝毫不为过。

三

这条石板小路有些长,我们在稻香弥漫中走了大约一刻钟,才看见那几间旧时的民居。这里的民居还真是很有特点，整个房屋都是用木料搭建的。古铜色的木板墙体经过时间的风霜，一律变得黯淡，仿佛饱含着岁月的油渍。房顶上盖着的青瓦长满了青苔，凭我的乡村生活经验，我敢断定，那一张张厚实的瓦片，一定是民间手工烧制而成。这种瓦很有质感，抗风抵日的性能强，用上十年二十年都没有问题。不像现今的瓦，都是机器生产，泥质差不说，还易碎，用不了多久就得更换。

房屋的四周，堆满了整齐的柴块——有枯竹、枯树、枯草。房檐下，挂着一排金黄色的玉米棒子。远远看去，像标本上镶满了金牙齿。我想，这几家住户的主人肯定是勤劳的，不但把庭院打扫得干干净净，就连木格子窗户也是纤尘不染。我顺着屋檐走了一圈，看见每间房屋的门楣上都贴着春联，只是红色的纸张已经褪色，唯有那黑色的象征着喜庆和吉祥寓意的字迹依然醒目。

院坝里，晒着透红的辣椒。四四方方的一块，像一张手绣的地毯摆在那里。辣椒旁边，铺满了晾晒的豇豆。豇豆有灰色和紫色两种，错杂有序地排列在地面上，细长的豆身极富美感。我掏出手机，蹲下身子，拍了几张照片。我喜欢这种来自原生态的艺术。

这几间民居后面，还隐藏着一个四合院格局的民居。房屋属双层式建筑，也是全木结构。木楼上面还筑有栏杆，我很想踏上木楼去看看，遗憾门是锁着的。这里的主人都不在家，或许是上坡干活去了。农村人大都没有清闲的日子。我在四合院中间的院坝上踱步，阳光从房檐照下来，在地面形成阴影。瞬间，我仿佛置身于一块被时光切割出来的"光圈"中。我被光照耀，也被光包裹，我是我的影子，我也是我的幻觉。这个院坝很大，很开阔，我大致目测了一下，若以农村办酒席来计算的话，可以摆放十到十五张木桌子。而且，院坝的地面既不是土质状的，也非时下流行的水泥铺就，而是大小相当的石块镶嵌，做工煞是考究。若站在楼上俯瞰，酷似一张张放大的豆腐干。

在四合院左侧，有一副石磨和碾槽。石磨大概很久没有转动过了，落满了尘埃。在我的记忆中，凡逢年过节，农民们都会亲手推磨一些玉米粑或高粱粑来吃。这种慢工出细活的美食制作过程是相当费时间的。男人推磨，女人朝磨眼子里喂食，小孩子则站在旁边观看。这一家庭集体参与式的劳作，既是增进血缘亲情的方式，也是感受家庭温馨的方式。只可惜，现在已经很少有农村人推磨了。他们嫌推磨麻烦，想吃汤圆或米粑，跑去镇上买两袋速冻的即可。然而，这种便捷的生活方式，看似改善了农村人的生活质量，实则也减少了劳动的成就感，降低了亲情的浓度。

那个碾槽看样子更是闲置已久。槽外爬满了绿苔，槽内盛了半槽屋檐水。可能是房屋主人经常在槽沿上磨刀的缘故，有好几处槽沿都凹下去很深,像被时光给啃了一口。碾槽的一端,还放着两张凳子,凳子上晒着一簸箕荞麦和一筲箕土豆片。我低头嗅嗅,有阳光的味道。我捻了几粒荞麦放在嘴里一嚼,满口生津。这样的味道,真是久违了。

四

从四合院中走出来,阳光有些偏阴,但依旧是沉闷的热。知了在树枝上不停地叫,我不知道它们到底是在喊冤还是喊魂,惹得人心里多少有几分焦躁。我循着声音看去,竟有三只老知了趴在树干上。我一伸手,其中有两只受惊而飞,余下的一只被我擒住。这只知了惊恐地扑腾翅翼,尿液都被吓出来了。我见不得它那失魂落魄的样子,轻轻抚摸了它一下,又将它放回到了大自然中。

出村的路照样是石板小路,我们只是没有原路而返。这条小路比来时的路短多了,三四分钟时间便走出了村。站在乡村公路上向黄龙村回望,稻田边,一只母鸡带着它的一群鸡宝宝在啄食,神态是那样悠闲,那样祥和。

一切都恢复到了原初时的样子。

巴廉寺的黄昏

巴廉寺是巴廉寺的过去,就像黄昏是夜晚的过去。

过去的巴廉寺,香火鼎盛。只要寺内的晨钟一响,整个安澜镇的人都能听见。听见之后,人们该做饭的做饭,该种地的种地。倘若有年岁大的老人,既做不了饭,又种不了地,就搬张凳子,坐在屋门前的山头上,看朝阳初升,飞鸟出林;看日子怎样催老了自己,春夏如何荒废了秋冬。到了傍晚,寺庙的暮鼓复又响起,种地的人慢慢朝家走,倦鸟衔着落日归巢。那些望山的老人呢,抽完最后一锅烟叶,也披着暮色的袈裟回到了自己最后的岁月。

一天的时间,就这样过去了;一年的时间,就这样过去了;一生的时间,就这样过去了。而那安澜镇的历史,就这样周而复始地在巴廉寺的晨钟暮鼓中轮回。后来,不知道这历史的车

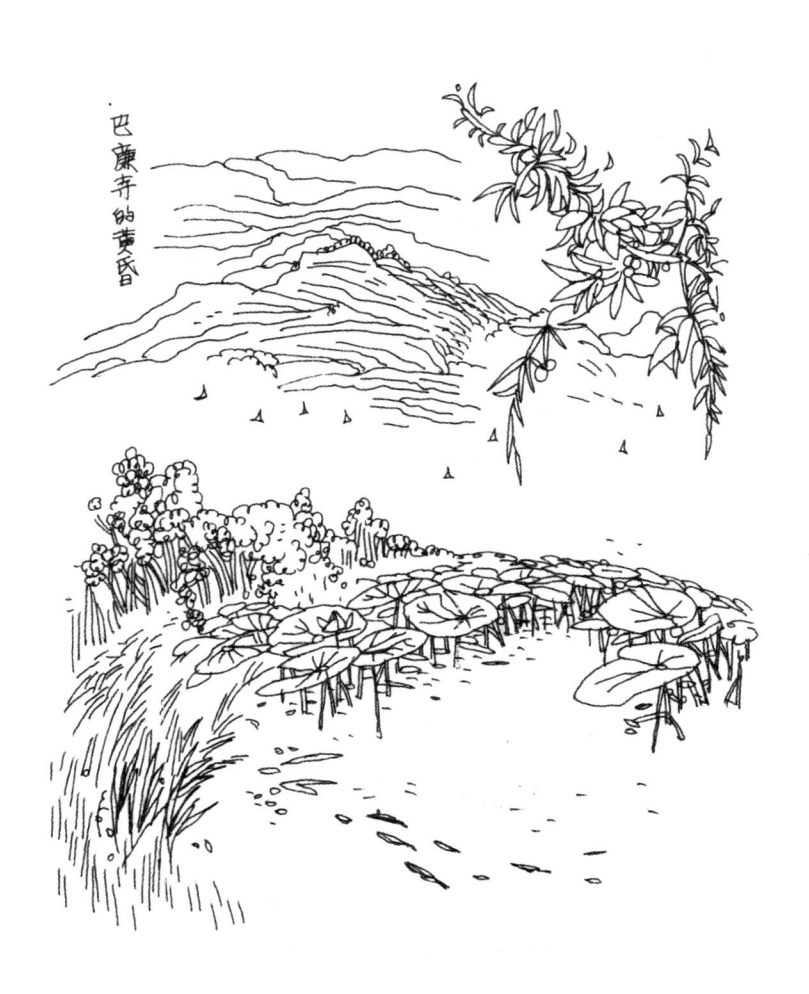

巴廉寺的黄昏

轮轮回了多久，巴廉寺也开始在轮回中渐渐老去。晨钟生锈，暮鼓破裂。那敲钟捶鼓的僧人，俱已圆寂。巴廉寺只剩下巴廉寺这个名字。

时间的针脚滴答滴答地走。走着走着，又是若干年过去。或许是安澜镇的人们为了纪念巴廉寺吧，竟在它的废墟上盖起了一座学校。学校面积比当年的寺庙不知大了多少倍，能容纳好几百学生。说也奇怪，那些学生仿佛全都受了巴廉寺的福佑，每天勤奋用功的琅琅读书声，远远盖过了当初的晨钟暮鼓声。他们将佛法幻化成自己的智慧和聪颖，读着读着，一个个便如鸟儿一样，飞向了祖国的四面八方。学生在变换，老师也在变换。唯一没有变换的，是学校操场上那几棵香樟树。自从巴廉寺修建以来，它们就挺立在那里了，默默地生，静静地长。到如今，树龄已逾百年。

可树毕竟不是人啊，这人世间的兴衰，树又怎么能懂。

这不，也是突然的一天，学校宣布要合并了，需迁往另一个地方去。没多久，树便眼睁睁地看着那些脸上稚气未脱的孩子，依依不舍地离开了巴廉寺，离开了巴廉寺的白天和夜晚。从此，原本生机勃勃的学校挂满蜘蛛网，成了危房。那几棵树呢，再也听不见孩子们的欢声笑语，叶片灰扑扑的，只能独自承受着内心的百年孤独。

孤独是残忍的，它使树失去了时间，也失去了季节。大概是风可怜树吧，总喜欢用手抚摸它。可风刚一触碰，树叶就簌簌朝下掉，像一个孤独的女人掉下的头发。太阳更是心慈，老想着要给树一些温暖，每天都用光芒照射它。可越照树越打不起精神，反惹得天空也跟着泪流满面。

直到有一天，另一个更加孤独的勇者来到了巴廉寺，将学校翻修加固后改造成了旅馆，那几棵树才终于摆脱了孤独的纠缠而重现葳蕤。

这个孤独的创建者，大概是个艺术家。他保留了学校原来的样子，就连楼层和客房都是按年级和班级来命名。这让来此投宿的客人，都会产生回到学生时代的幻觉——那些往昔的迷离、激情、彷徨和忧伤。人啊，真是太过聪明，我们肉身回不去的地方，就用记忆去抵达；记忆抵达不了的地方，就用心灵去凭吊。

在这个夕阳辉映的黄昏，我找到了自己青春期的印象。

吃过晚饭，伫立旅馆门口，清风从我的面孔拂过，也从我的想象中拂过。忽然间，我有一种想要去周围转转的冲动。像读书时从夜自习的课堂上逃出，跑去学校后面的山坡与女同学约会，共同仰望天空上月亮的羞涩和星星的心跳。

沿着旅馆左侧的小路行走，四野无比安静。我仿佛不是走在巴廉寺的土地上，而是在心灵的地图上漫步。这些年来，我一直活在自己的内心世界，宛如一只蝴蝶，藏在花蕊的中央；

或一只蜗牛，躲在厚厚的硬壳里。我的心就是我的整个宇宙。我把自己包裹得越紧，我的心境越是开阔。

在巴廉寺散步，我感觉我的心里也供奉着一座庙宇。

小路的下边，是一个大大的池塘。池塘右侧，栽种着大片的荷花。斜阳照在荷叶上面，像金黄的稻草裹着一个绿色的蒲团。蒲团浮在水上，像佛法浮在经文上。我停下脚步，俯身池面，我以这种方式向荷叶叩首。

越往前走，小路越幽静。有蛙声从池塘边的青草丛中传出来，它们是大地上隐身的歌者。兴许是这歌声实在太美妙了，使路两旁的各种花朵竞相绽放，纷纷向它们的偶像悄送暗香。其中，绽放得最为娇艳的，是一片白玫瑰和一片红玫瑰。我怕自己的走动和注视会干扰花儿们示爱，只好假装啥都没看见似的转过头去，望着远处的霞光偷偷地微笑。

我的微笑，是另一朵盛开的花。

围绕池塘慢走一圈之后，夜幕徐徐降临。月亮高挂在天上，如一枚银盘。巴廉寺的月色是迷人的。我顺着月色指引的方向，回到住宿的旅馆。我住的房间是初三三班，跟我同寝室的同学是一位诗人，他正躺在床上，写一首关于巴廉寺的诗。我目不转睛地注视着他，他显得有些焦虑，以为我又要调皮捣蛋，拿他的诗来佐酒。为使他心安，我故意转过身子，背朝着他。果然，他一下子就放松了警惕。我见时机成熟，瞬间以假寐的手段，盗走了他的诗稿和才华，并连夜在梦里编织出了这篇散文。

不知这算不算补上了一堂我缺席多年的晚课。

谨以此记献给我在巴廉寺黄昏的游走和夜宿。

江南行

一

得闲外出,先至江西。约好与散文作家李晓君、范晓波、江子一叙,可临行前航班有变,抵南昌后,恰逢他们举办"谷雨诗会",未能如期相见,甚憾!

在南昌停宿一晚,翌日清晨,驱车前往景德镇。几年前,曾坐火车路过此地,因是夜间,只粗略感受到它的静态,不复有鲜活印象。甫入镇,公路两旁华丽的陶瓷灯柱,令人眼亮,有瓷质之感。镇内陶器,品类繁多,流光溢彩。其中,以青花瓷为最,胎胚细腻,做工考究,堪称瓷之君子。正午,春阳昊昊,深巷两侧,商铺林立,游客穿梭,瓷都被喧嚣包裹。我伫立街旁,面对一个青花瓷瓶,凝神遐思。瞬间,我好似听见瓷瓶碎裂之声,划破阳光下的阴影。

一个瓷瓶是怎么诞生的?泥土。火焰。水。

诞生有时是一种寂灭。

那声碎响,来自谁的体内?

二

婺源被誉为中国最美的乡村。

最美的物事最脆弱。当她以美征服别人时,别人也在企图以丑征服她。征服便是伤害。无论是李坑,还是江湾,古老的遗韵还在。水弄陌巷,花飞柳榭,亭台祠堂,旧时人家。时间的雕刻,使婺源增添了历史的沧桑感和厚重感。我站在水边,看见一个个朝代从水中流逝。水,是历史的血脉。

面对这个美丽的村庄,我不想多说什么。我要说的,全写在溪流边坐着晒太阳的那个老叟脸上。老叟的内心,浓缩着婺源的全部秘密。

三

黄山。奇。险。怪。

它耸立于此,即是让人景仰和膜拜的。天地造化,鬼斧神工。

江山多娇，大道多歧。黄山，是有性格和思想的。它让人去攀登，却无法超越。它让人认识到人的渺小。

未登黄山之前，我的心是惶恐的。我怕登不上它的顶峰，狼狈而返，留下笑柄。这是我的不自信。后来，我看见一些长者，登山比我还快，老夫聊发少年狂。于是乎，我一鼓作气，爬至山顶。但觉视野开阔，思接千载，一览众山小。心中不免欣欣然。

直至下山后，回忆黄山印象，竟梳理不出个头绪来。叹息复叹息，遂茅塞顿开：站在山顶，不一定真正抵达了山。正如做人，自忖什么都知晓了，实则一无所知。

四

杭州是柔软的，典型的水性城市。人闲，物也闲。可谓富庶之地。

其外绿树成荫，花香鸟语。其内丝竹琴瑟，俊男靓女。和谐。安泰。

杭州的底蕴，在人文。风景，在西湖。泛舟湖上，惠风和畅，碧波涌动，似万千仙子裙裾轻扬。雷峰塔金辉夕照，三潭映月景致鲜活，醉人亦撩人。

入夜，作家吴玄请客，于西湖边上品杭州菜，聊文学，谈饮食男女，感受江南文人的性情。饭毕，夜深。漫步苏堤，如游仙境。夜晚的西湖，真是个睡美人，让人不忍打扰，破了她一帘幽梦。堤岸上，几对青年男女，相拥而卧，浪漫风流。斯情斯景，怕是一生都难忘的吧。

不觉间，行至苏堤尽头，忽见名妓苏小小之墓。这个被文学家认为是"中国版茶花女"的女子，坟墓竟然在此。真是万古芳名，一抔凄凉。

慨叹间，昏昏然而归。

五

乌镇分东西两栅。

西栅尚在开发期间，故游客较少，保持古朴和原貌，这是我所喜欢的。与婺源相比，这里更安静，适合修身养性。但两处建筑风格，却大相径庭。人文也存有差异。若能长住于此，延年益寿不说，性情自会变得淡然，无欲则刚。

东栅比西栅地盘小，但因茅盾故居坐落于此，就文化概念而言，它又比西栅大。茅盾这位中国文学巨擘，生命即从此地诞生。如今，他的故居保存完好，厢房中还留有他幼时足迹。透过这座老宅，可窥见其成长经历，以及日后他在文学之路上的蛛丝马迹。

乌镇是茅盾的，也是中国的，更是世界的。

涞滩古镇及其他

　　人都喜欢慕名，无名气的地方，再好，也不愿踏足，这是人的通病。就拿我的出生地大足来说，人人都知道"大足石刻"，可前来参观者，全都奔"宝顶山石刻"和"北山石刻"而去，因这两地名气都大。殊不知，除了这两个地方，还有"石篆山石刻""石门山石刻"和"南山石刻"，若没拜谒过它们，你顶多只窥到了大足石刻的 A 面。就像你跟一个心仪既久的女子谈恋爱，谈来谈去，只牵过她的左手，没牵过其右手。她的右手都留给别人牵去了，还自以为你多么了解她。可见，名气这东西，多么具有欺骗性和误导性。

　　合川离大足不远，也算是个文化老城了。老的小城，都满载故事，可谓"小城故事多"。但故事是喜是乐，那就不好说了，说多了就成了传奇。最具传奇性的故事，莫过于南宋时发生在钓鱼城的那场战乱。1258年,蒙哥大汗挟西伐宋,亲率精兵进犯四川,兵临钓鱼城下。守城主将王坚与副将张珏,见敌军士气嚣张,负隅顽抗,以火炮猛击,致使蒙军受挫,蒙哥毙命,结束了这场长达三十六年的战争,替中外战争史谱写了光辉灿烂的一页。钓鱼城因此被欧洲人誉为"东方麦加城"。也正因钓鱼城名气太大,凡到合川观光之人,必去凭吊一番,发思古之幽情。

我去钓鱼城不下五次。有时是工作之故,有时是为陪朋友。自己心甘情愿去的,一次都没有。究其原因,一是我对历史天生有层隔膜感,内心进入不了,又不愿刻意去掌握历史知识。这你从我写的文章里,足以看出我的浅薄、不厚重,缺乏纵深感,题材从生活中来得多。故即使佯装去参观古战场,那也是走马观花,如"猪八戒吃人参果——品不出个味道来"。二是我生来胆小,又自幼被人欺负惯了,一见到那些打打杀杀的场面,就头晕想躲,哪怕像钓鱼城这样的古战场遗址。曾经金戈铁马、尸横遍野的场面,均被时间的手指抚平了,但人走在上面,鼻孔里仿佛仍能嗅到当年的血腥味,耳朵里仍能听到当年的炮火声和杀伐声。这叫"战争后遗症",正如我额头上那道幼时被人欺辱后留下的伤疤。

故我每到一座城市,都喜欢朝安静的、无名气的,或名气还不够大的地方走。这是个人选择的不同,内心状态的不同所致。以合川为例，我真正自愿前去参观的，只有一处地方，那就是涞滩古镇。它虽没有钓鱼城那么有名，但它安静。安静，比张扬好。不光是景点，即便作文和做人，我也持此观点。

记得第一次造访涞滩古镇，是在十年前。那时，我还是大足石刻艺术博物馆的一名工作人员。因单位组织召开了一次"石刻艺术研讨会"，会后，将与会专家拉去涞滩古镇参观"二佛寺"。那天下着小雨，几辆大巴车在村级公路上前行。因为有雾，窗外能见度很低，看啥都朦朦胧胧的。宗教专家们在车上谈笑风生，所谈内容，大都跟佛无关。这也不奇怪，研究佛者不必都是拜佛之人，就像有些搞写作的人，未必都是敬畏文学之人。写作不过是混口饭吃，以文章换回些米钱和酒钱而已。我见专家们越聊越热乎，索性闭眼假寐，听雨打车窗，如听天籁。不想，竟然睡着了。醒来，车已抵达涞滩。

涞滩给我的最初印象，是古旧。像过去穿长衫的先生，高古雅朴，端庄方正。你随便在他的长衫上摸一下，都能摸到"四书五经"。尤其是那道青石砌成的围墙，在流水的浸润下，仿佛刻满了方块字。每一个字，都值得你去参悟。但参悟的前提是心静，心不静，只能去参军。我那天心就不静，既要照顾专家，又要发放雨伞，故不宜悟道。本想转身离去吧，又怕领导斥责我当"逃兵"，饭碗不保。做人难就难在这进退之间。

好在那天我们顺利拜谒了"二佛寺"。领导高兴，专家也没留遗憾。做事嘛，关键在于达到预期的效果，否则，谁愿去做。做了事情等于白做的人，怕是参军都没人要的。我为了不至于成为这样的人，故那天一直在围着活动转，唯恐有所疏漏。遗憾的是，活动虽然圆满了，但我对涞滩却没留下什么记忆，就像那天的雨雾，遮遮掩掩的，啥都没看清。

那次过后，我又单独去过几次。这几次，倒是把涞滩看了个清清楚楚、明明白白。但越是清楚明白，你越是说不出它的好来。就像写身边熟悉的人，越是熟悉，越不知道从何处下笔。因此，几次游览归来，心中总琢磨着要为涞滩写点什么，可每次提笔，都如"狗咬刺猬——下不了嘴"，也便作罢。

最近一次去，是今年五月。我们杂志社搞了个"小说家笔会"，带大家去涞滩采风。与十年前第一次去涞滩不同的是，这次去的人都非学者，而是一帮编故事的人。会讲故事的人，大多洒脱不羁，个性突出，富有生活情趣。还没抵达目的地，大家嘴里的故事就把同行的人给灌醉了，比五十二度的高粱酒还厉害。语言的力量，有时胜过军事家枪筒里的子弹。

跟我前几次去一样，涞滩还是那么安静。尤其是那条古街，像被岁月漂白过，褪了色，却味道更浓。有点像是用胶卷拍出的照片，质感和沧桑感都有，全然不是被数码相机勾了魂，摄了魄。街道两旁，靠墙坐着几个老人在晒太阳。白发在阳光下发亮，有点"姜是老的辣"的意味儿。只是他们额头上的皱纹，藏满了故事。也许那天老人们心闲，想把往事翻出来晒一晒，不让其发潮，就坐成一排，让暖阳集中烘烤。不想，他们的不经意，却被前来同样晒太阳的小说家们敏锐地捕捉到了。

戴着墨镜的王祥夫，与一个老人坐在同一条板凳上，问东问西，一脸狡黠。只有我能看见他那副墨镜后面闪烁的眼神。或许，这个老人的讲述，正在成为他构思下一部小说的素材。罗伟章更是个敏锐的家伙，他不固守一处，而是边走边问，像领导体察民情。从街左边问到右边，从街这头问到那头，还时不时掏出手机拍几张照片作证。然后，把所有搜集到的情报，统统藏在脑子里，打包带走。我窥破了他的天机，走过去故意问："你在拍照发微信？"他说："我用都用不来嘞，你晓得吧。"说完，就呵呵地笑，一肚子坏水。唯有云南作家海男很睿智，她只在街上慢慢地走，不闻不问，像一个感受时光的人。海男是小说家，也是诗人。她知道，凡是能问出来的，都是故事；问不出来的，才是诗。

我跟在他们身后，像另一个生活和时光的观察者。这次笔会，年龄最小的，是来自北京的李冬雪。刚刚大学毕业，不但人长得漂亮，关键是有学问。一个女子，天生丽质，已然危险。加之有才，更是险中之险。当然，这险，唯有男士方能感受到，我看同行男作家们看她的目光，全带着欣赏。

似乎都想偷偷望一望她，假装欣赏一幅画。但冬雪全然不顾这些，任你雪下得再大，她也落得个白茫茫大地真干净。在她眼中，唯有这条古街能够吸引她。我正暗中观察男作家们的一举一动时，发现她正跟一个小饭馆炒菜的师傅攀谈。原来，她被饭馆窗台上挂着的一串串腊排骨迷住了，非要站在店前留影。一个姑娘，能够从充满食欲的物质上发现艺术气息，足见其不俗的眼光。

在涞滩古镇转悠了半天，时间已近正午。我们就地找了家饭馆，吃农家菜，这可把作家们高兴坏了。书斋里待久了，是需要出来接接地气的。桌上，大家一边喝酒，一边说笑话。湖南的聂鑫森，看似有旧学人气质，不料一开腔，满嘴鲜活话，逗得大家笑声不断。甘肃的叶舟说不过，干脆唱了起来。歌声在古镇上空飘荡，涞滩似乎也醉了。

饭毕，走出饭馆，头顶的太阳白花花的。大家带着酒足饭饱后的逍遥，准备离开。走出古镇寨门时，恰好遇到有人拍戏。或许是作家们说话的声音太吵，影响到了演员的发挥，便有工作人员过来招呼大家勿要喧哗。作家们到底修养好，听工作人员一说，都闭了嘴，低头走路。不想，我们刚闭嘴，演员却跟导演发生了争执。吵闹的声音，比作家们刚才说话的分贝还要高。

这年头，真是演员把导演唬住了，导演又把编剧唬住了。

幸而,我们这次到涞滩采风的作家中,没有人去搞编剧。他们依然在安静地写小说,像古镇一样安静。

唯有安静的人,才能参悟戏里戏外的人生。

夜宿青年镇

人过而立，诸事看淡，心也趋静了，有人谓之老成持重。其实，说老成未必恰切，只因穷人的孩子早当家罢了。况且，一个已经三十好几的人了，还在处处扮嫩，学十八岁的小伙，到处勾搭小妹妹，这犹如在夏日里刮春风，成何体统。

可中国人客气，重礼数，又说话动听。就拿我来说，明明眼角鱼尾纹都有了，可见到我的人都说："好年轻啊，上大二了吧？"遇到这种情况，我一般都会笑答："早着呢，刚刚高考完。"

如此看来，在别人眼中，我也是一个青年。青年住青年镇，名正言顺，理所应当。

镇子不大，却是万盛所有乡镇中历史最为悠久的，距今已有一千三百多年历史。青年镇前身为青羊市，名字由来颇富传奇色彩。据说大约明朝中叶，有一居民造房，从地基下挖出一块青石，形似羊子，用錾子钻打，流红色水汁，酷似鲜血。房主怕犯煞神，重将青石埋入地下。房屋建成后，为求吉利，便将新宅唤作"青羊石"。名声传开后，叫之既久，当地人索性将集市也称为"青羊市"。此名一直延续至民国，才因故改为"青年乡"。1985年建镇。

一个具有文化底蕴的小镇，容不得你不喜欢。我是喜欢青年镇的，正如我喜欢有文化的青年。

早晨，站在同样历史悠久的飞龙塔坡远眺，恰好可以看见青年镇的侧面。一条柏油公路盘曲回环，两边青山绿水，阡陌纵横。云朵从天空飘过，天瓦蓝瓦蓝的。风几次想去牵它的衣襟，都被云挣脱了。公路上偶有摩托车往来，骑车者多属本地乡民，拖妻载子，呼啸而过，潇洒中平添几分野趣。

飞龙塔俗称白塔，兴建于清道光五年。外形呈六角状，塔体斑驳，极具沧桑感。我操起一柄扫帚，绕塔转了一圈，抬头见门额上镌有"奎文焕彩"四字，心窃喜。对于舞文弄墨如我者，见此塔，犹如佛教徒见到舍利塔。但我非信徒，故未参拜。况为文之事，倘才思枯竭，胸无点墨，拜也没用。

关于此塔，尚有一传说。据史料记载，白塔为当年青羊镇士绅肖全松等筹资修建，塔建成后，惊动乡邻。赞誉者有之，朝拜者有之。肖全松自己更是福禄双至，飞黄腾达。人都有嫉妒之心，尤其对身边之人。眼看肖全松声誉日隆，青羊镇另一姓董的大户人家，却运势日衰，心中惴惴不安，恨得咬牙切齿。后经高人点化，建议他修建一块石碑作盾，以挡肖家塔箭，方可逢凶化吉，转悲为喜。董家毫不犹豫，赓即修造石碑。碑立成后，果然运势兜转，否极泰来，遂眉开眼笑。野史永远比正史有趣，正如《三国演义》比《三国志》好看。塔也好，碑也好，都是人造的。碑塔好造，人心难测。

从飞龙塔坡下来，时间已近正午，阳光白花花的。路旁的几株灌木，像打了青霉素，叶子朝外翻卷，有痛，却喊不出来。坐车大概十分钟，便来到青年镇的中心地带——一个名叫堡堂村的地方。这是当年"农业学大寨"遗址。三层青砖楼房，室内尽空，墙体却坚如磐石。五个白色大字，赫然醒目。倏然间，时光倒退，历史的波诡云谲重现眼前。我虽未经历过往昔年月的特殊生活，却能想象当年的喜乐悲欢。

20世纪六七十年代，堡堂村因一个名叫王茂全的人而名声大噪。在粮食不能自给的岁月，他作为大队支书，赤膊上阵，披荆斩棘，高呼"舍得磨掉手上皮，誓叫荒山变良田"的口号，率领群众，披星戴月，经寒暑，历春冬，耗时五载，硬生生将老鸦井、岚垭岗、癞石堡、龙王庙四座荒山变成了良田，一举掀掉了全村吃返销粮的帽子。

堡堂村的事迹不胫而走，一时间，前来参观效仿者络绎不绝，踏破了山门。1973年4月12日，时任山西省委书记、昔阳县委第一书记、大寨大队党支部书记的陈永贵，欣喜若狂地来到堡堂，当他看到眼前的一切，不禁热血沸腾。他登上老鸦井，极目远望，万顷良田，绿意盎然，真是日月换了新天。顷刻间，他竟赋诗一首："山上是银行，山下是粮仓；青山绿水好平原，山坡上面修梯田。"诗好不好不论，但这的确是他当时的心情。

事与人连，人与事牵。这是一荣俱荣、一损俱损的事情。堡堂村因王茂全而得名，王茂全也因堡堂村而擢升。这之后不久，他被提升为重庆市委常委、农工部副部长、市委副书记等，并当选为第四届全国人大代表、中共十一届中央委员会委员。

一个农民，凭借实干苦干，能登庙堂之高，实为罕见。这是否印证了那句话：野百合也有春天。

往事如烟，辉煌过后繁华尽，只剩流水绕孤城。我在大寨旧楼前徘徊，像置身于一部电影镜头中。我正琢磨着怎样从电影里走出来，一转身，见一个农民，背着一筐红薯藤，朝我迎面走来。他嘴上叼根烟，走得桀骜不驯、目中无人。我很想过去跟他攀谈几句，他一闪身，竟钻进旧楼侧边的小巷，再也没出来。他没出来，我走出来了。从电影般的幻境里，从历史的缝隙中。

离开大寨遗址时，微风送来一阵桂花香。猛回头，那棵桂花树就长在大寨门前的平坝上，静静的，树干粗壮，有些年头了。不知道它是不是学大寨时栽种的。我想应该是，设若它没有见证过当年的酸甜苦辣，是绝发不出如此清新扑鼻的香味来的。

既然走出了历史，那还是回到现实吧。

来青年镇，不能不去桐梓街，它是镇上最古老的街巷之一。曾经，在这条古街上，走过贩夫走卒，也走过行商马帮，可谓热闹非凡。如今，过去的喧嚣不再，只是青石板上留下的串串脚印，还烙着旧时代的印痕。

从街上走过，路还是那条路，人却不再是过去的人。阳光从巷道上空漏下，在地面形成一条光带。有两只猫卧在残破的瓦房顶上晒太阳，不知道它们做梦没有。如果做梦会梦到什么呢？街道一端，有个老人，正靠在门板上，端着碗吃饭。牙没了，只能慢慢地嚼。从她嘴里漏掉的，除了饭粒，大概还有青春。

老人的斜对面，是一个理发店。设备简陋，只有两把椅子，几把推子和剪子。我故意朝店里瞅瞅，没人。理发师不在，顾客也没有，完全像摆设。玻璃镶在墙上，成了一面空镜子。它照过的那些人，也许都午睡去了。又或者，出走的出走，老去的都老去了吧。反正，现在它能照见的，只有时光和时光背后的沧桑。

理发店旁边，是一个副食店，里面摆满了各种调料品，油盐酱醋，应有尽有。遗憾的是，我站了好久，也不见有人去买。

那些摆放在木质货架上的瓶瓶罐罐，落满了灰尘。货柜前，一个老人，戴着帽子，鼻梁上架副老花镜，手里拿本书在翻看。神情专注，旁若无人。我故意靠近瞧了瞧，是一本《党员文摘》。书上的字号很小，跟蚂蚁差不多，我只看清了书上领导人的照片。老人一定是个不折不扣的老党员。

我不知道自己老了的时候，有没有老人那样的精气神。

或许是路走久了，有些口渴，想喝水。在朋友的安排下，我来到一个名叫"滴翠剑名"的茶叶生产山庄，这也是晚上我要住宿的地方。山庄群山环抱，十分幽静，空气清新。到得山庄内，喇叭里正在播放音乐，舒缓而有禅意。茶最早都是专供僧人品尝的，故茶文化与佛文化天生有缘。

我刚坐下，只见两名白衣女子，一步一莲花地走上台前，开始表演茶艺。技法娴熟，动作标准。在她们手腕翻动间，茶叶在杯中随水绽放。两个姑娘都很年轻，至少比我小十岁。又貌美如花，娉娉婷婷。她们才是真正的青年。

值得庆幸的是，我还没有老于世故，像别人说我那样上前问道："小妹妹好年轻啊，上高二了吧？"不然的话，真是辜负了那杯茶了。

我不喜欢喝茶，但喜欢看茶艺表演。在我眼中，但凡懂得茶道之人，都是心静之人。心不静，泡出的茶就不好喝。我无法揣测两位姑娘的心静不静，但她们泡出的茶的确好喝，以至于我喝了她们泡的茶后,夜间久不能入眠。

　　睡不着咋办,干脆到山庄外的公路上散步。公路下面,是板辽河。走着走着,感觉有湿气扑面而来,温润地凉。四周万籁俱寂,蛐蛐的叫声铺满山坡。夜空皓月高挂,繁星点点。我第一次感受到,做一个青年,原来是那样的美好,美好到妙不可言。

　　可青年总有变老的一天,但青年镇不会老。再老,它都是个青年。

山中精灵

松鼠

在绝壁栈道上行走时,我遇见了它。灵巧的身子,在一块顽石上闪躲腾挪。毛茸茸的尾巴上沾满仙气,轻轻一摇,就化为了草叶尖上的几滴水珠。那么透明、那么清澈,让人联想到"一花一世界,一叶一菩提"。尤其它那两只转来转去的小眼睛,像是从白云编织的飘带上摘下的两粒蓝宝石,非常干净。一个生性再怎么贪婪的人,假使见到这双瞳仁,也能暂时忘掉尘世间的欲望和利益之类的东西,恢复人性中的良善和慈悲。

这只松鼠似乎并不怕人,在一根粗壮的藤条上上蹿下跳,仿佛游乐场里一个天真无邪的儿童在荡秋千。我站在大约两米远的地方望着它,或许是自己的表演终于有了观众,它越演越来劲儿。翻转跳跃，移步换影，尽量把演出变成一次完美的艺术。

也许是我太入戏了，待演出进行到高潮部分时，我禁不住喊了一声："漂亮。"不想，这一嗓子，却惊吓到了这个出色的小演员。它浑身一阵战栗，惊恐万状地匆匆谢了幕——从旁边的石壁缝隙里逃遁了。

我不是个有教养的观众，我吓跑了自然界一个新出道的优秀演员。正是由于我的粗鲁，它或许一辈子都不会再登台亮相，它的艺术生涯就这么完结了。

在人类社会发展史上，动物素来都是牺牲品。自从出现人类以后，动物就在一天天减少。它们被茹毛饮血的先祖剥皮食肉，成为神坛上的祭祀品。时至今日，巴西东南部游牧的高楚人，仍然靠猎取动物为生，延续民族繁衍。明朝李时珍，在他的《本草纲目》里，记载了有药用价值的动物461种。诸如麝、穿山甲、梅花鹿、熊等等，体内都含有丰富的药用活性成分，以致长久以来，那些唯利是图者不择手段，滥杀滥捕野生动物，造成动物界的灭顶之灾，一些珍稀动物从此绝迹。但人类的疾病却并没有因此而减少，反而越来越多，越来越复杂，越来越难以治愈。更有些比疾病更可怕的"贵妇人"或"阔少爷"，他们为衬托自身的高贵和富丽，热爱上了动物的皮毛，将之穿在身上，出入各种高档社交场所，看似仪表堂堂、风度翩翩、珠光宝气、雍容华贵，实则虚假的外表下，掩盖着的却是一颗丑陋的心。

人类在以自以为是的聪明和狡黠对待动物,动物也在以它的干净和纯洁藐视人类。

燕子

天空蓝得透明,像一块干净的巨幅画布。一只只矫健、乖巧的燕子在画布上自由穿梭,远远看去,让人联想到古代画家笔下的情景。有一种高洁、雅致的意趣和出世的逍遥。这些聚穴而居的燕群,把巢穴建在石壁栈道一个 U 字型的崖洞内。洞险而奇,像是造物主用利斧在高耸入云的峭壁上,拦腰砍了一斧子。若天气晴好,阳光从崖沿照下,一根根笔直的光柱晶莹剔透,形成一道天然帘幕,把洞口挡住。燕子便在洞中休养生息,繁衍子嗣。偶尔,也会载歌载舞,寻欢作乐,安享太平盛世。

从洞口朝里走,光线暗淡,湿气也很重,走着走着,便有一种回到人类起始时间的感觉。两侧洞壁上,由于长年累月的水渍腐蚀,表面的石层开始斑驳、脱落,出现了各种"动物图案",有水墨写意的效果,让人误以为走进了阿尔塔米拉洞穴——那一帧帧精美的壁画,都是史前艺术的肇始。

这群燕子终归是比人类要聪明,它们把家园建造在一个海拔一千多米高的地方。这里植被丰富，空气清新，没有臭气和污水，没有工业垃圾和化学农药，更没有目迷五色的灯红酒绿和声色犬马的喧嚣嘈杂。它们生活简单，日出而飞，日落而栖。它们彼此间和平友爱，不会因为一点私利而勾心斗角，尔虞我诈；不会因为买不起钢筋水泥修建的住房而伤心垂泪，搞得一家大小郁郁寡欢、鸡犬不宁；更不会因为给情侣买不起一条项链、一个戒指或一辆豪车而苦恼烦闷，甚至跑去悬崖边殉情。

人一辈子都在苦苦奋斗的东西，燕子不费吹灰之力就得到了。大自然把最秀丽的"世外桃源"馈赠给它们，并不是因为它们是这个世界上的弱者，而是因为它们压根儿就没有人类那样的欲望。

我怀疑，居住在这个崖洞里的燕子，是动物界最早的觉醒者之一。在我的记忆里，燕子给我的印象就是一群"流亡者"，它们四海为家，需要借助人类的房梁遮风避雨。我曾写过一篇文章，题目叫《卑微的鸟雀卑微的人》，讲述的是我青年时代在乡下生活时，父亲老是期望会有燕子到我家的房梁上来筑巢。乡民们认为，燕子属吉祥之鸟。只要它栖落谁家，谁家就会喜事临门，鸿运开泰。可人穷了，连鸟都不肯落脚。每年春天，都有一对燕子飞来我家巡视。可它们在堂屋里绕几圈后，一阵叽叽喳喳，就一溜烟振翅而去，头也不回。燕子一走，脾气火爆的父亲就破口大骂，骂燕子嫌贫爱富，更骂我没出息，窝在家里吃闲饭。后来，我忍无可忍，负气而走，自谋生路去了。据说，我离家的第二年，家里就来了一对新燕，还下了一窝崽，父亲为此高兴了好长时间。

难道燕子所讨厌的，并不是破屋陋室，而是胸无大志的人？

可随着人类喜新厌旧，贪得无厌之本能的无限膨胀，地球上的生态遭到严重破坏。高楼大厦拔地而起，绿柳翠柏却被刀砍斧凿。就连燕子最喜欢借居的乡下瓦房，也被预制板平房所取代。今年三月，我回乡探亲，目之所及，几乎都是清一色的楼房。尽管不少农户门楣上贴的大红春联还透着几分喜气，但却唯独不见谁家的屋里有燕子的身影。或许，曾经那些过惯了简朴生活的燕子们，已经不太适应房顶上安装的太阳能热水器，不太适应院坝里安装的卫星锅，不太适应屋内墙壁上挂着的空调机，才不得不学习列子先生，御风而飞，逍遥自在去了。

疲惫的燕子终于懂得了痛定思痛——与其寄人篱下，不如远走高飞，自强不息。它们不愿意跟随人类一起守望家园落日，才一路风尘，历经千难万险，集体迁徙到了这个高海拔的"自由王国"，成为自然界的宠儿。

唯有谦卑的燕子才懂得反思。

骄傲的人类只会自吹自擂，不可一世。

蝉

大概午后一点钟,阳光懒洋洋的,照在树叶上,有一种慵倦之感。我在山间盘曲的青石小路上慢悠悠地走着,初秋的天气尚有一丝燠热,几只蚱蜢藏在草叶背后。我那节奏紊乱的脚步声,对它们来说,估计都是一次危险信号,不然,它们不会高高地举起那两把带锯齿状的大刀,欲与入侵者背水一战。

自然界的生灵们,早已经被人类给吓怕了。

就在我默默地向一只蚱蜢道歉的时候,我的耳边传来了蝉的歌唱。音色纯正、浑厚、响亮,伴有轻微颤音,应该是位唱中音的歌手。我侧耳细听,声源来自近旁的一株老杉树。树干苍劲,皲裂的树皮,像某位白发老叟脸上沟壑纵深的皱纹。我尽量睁大眼睛,仍未看见歌唱者的身影。真正的艺术家从来都只拿作品示人。只有那些二三流的艺术工作者,才喜欢凑热闹,四处抛头露面,靠唇枪舌剑、溜须拍马浪得虚名。

自古以来,蝉都被视为"高洁之士"的象征。它们躲在深山老林里,潜心修行,与世无争,不同流合污。一生甘于寂寞,乐守清贫,不为别的,只为把季节点染得更美丽、更生动。唯其如此,蝉的一生,真正称得上是纯粹的一生、辉煌的一生。也正是因为人们赋予蝉此种品格,它在这个世界上从来不缺少精神上的忠实伴侣。骆宾王和元稹是它的知音,虞世南和李商隐同样是它的知音。如果要罗列一张蝉的知音名单的话，恐怕唐诗宋词的作者队伍里，三分之一的人都榜上有名。

不过，蝉也曾遭受过各种各样的诟病，被权势之人讥讽为消极避世之徒，属于穷苦落魄、怀才不遇之人的自况之物。在他们看来，蝉虽自恃清高，却不过是一位乞讨者，需要靠蚂蚁等其他动物的施舍活命。或许是替蝉正名，法国杰出的昆虫学家、文学家法布尔，曾专门写过一篇文章《蝉和蚂蚁的寓言》。他通过对蝉经年累月的观察，纠正了某些世人对蝉的偏见。他态度严谨地写道："可以确信一点，并不是蝉主动与蚂蚁建立关系，它活在世上，从来无需别人的援助；这关系是由蚂蚁的主动造成的，它是贪得无厌的剥削者，在自己的粮仓里囤积一切可吃的东西。任何时候，蝉都不会到蚂蚁的窝门前乞讨食物，也不会保证什么连本带利一起还；正相反，却是缺食慌神的蚂蚁，向歌唱家苦苦哀求。"

法布尔的辩护，蝉是听不见的。当然，它也无心倾听什么。是非功过，都留待后人去评说，它只按照自己的意愿去生活。况且，对于人类给一个弱小者泼去的脏水，它即使跳进黄河，又怎能洗刷得干净呢？与其百口莫辩，何如沉默是金。

可再怎么沉默，蝉到底给人留下了攻击自身的把柄——你既然立志要做一名"隐士"，又何苦趁秋高气爽之际，跑去树丫枝头吼上几嗓子呢？

也许只有蝉自己明白，它的发声，其实是在嘲笑人世间的某些谦谦君子，他们自称才高八斗、深具韬略、心怀苍生、匡扶社稷，叫嚣了一辈子，到头来，却只落得个身败名裂的下场。

蝉所歌唱的，恰是一曲"蝉和人的寓言"。

去大山包朝圣

我怀疑是天气太冷的缘故,把血管一样的盘山公路冻得痉挛。公路一痉挛,车就开始颠簸。车一颠簸,车上坐着的人就开始紧张。或许是自我安慰吧,有人唱起了歌,但那歌声分明也是紧张的,像是谁在歌者的喉咙里放了辣椒酱。如此一来,车反而颠簸得愈加厉害了,像一只被歌声吓丢了魂的羊。它使劲一抖,竟把歌声和紧张同时抛出了车窗之外。于是乎,车内便只剩了静寂,和静寂包裹着的更大的静寂。

静寂是必要的。唯有静寂之人,才有资格去大山包朝圣。

越往上走,雾越大,形成一张天然的白纱巾,将大山包整个罩住。我很想亲手掀开纱巾,偷偷地瞅一瞅大山包的样子。但我伸了几次手,都缩了回来。我怕这一轻佻行为会触犯山神,遭受惩罚。我的欲望和贪婪太泛滥了,我必须学会控制。在这仙境之中，我只想做一个谦卑的人。像地上的一根草那么谦卑，一块石头那么谦卑。草和石头，是大山包的胡须和骨骼。我从它的胡须上看到了岁月浸染的风霜，又从它的骨骼上看到了时间雕刻的密码。这两样东西，都深深地震撼了我。

我静静地在大山包走着，像一朵云在天空中走着。那一刻，我第一次感觉到自己有了高度。我想飞，但寒冷阻止了我。寒冷有时是另一种温暖。因为，它会提醒那些如我一样的幻梦者，你一旦起飞，就有可能成为雕塑，成为向寒冷献祭的礼物。所以，如果你既没有翼装飞行者那样的翅膀，又没有他们那样的胆量，那就老老实实地在地上行走好了。飞翔和行走，都是活着的形态。飞翔有飞翔的美，行走有行走的美。无论你选择哪种方式生活，目的都是为了自由——生命的自由。

在通往大山包制高点的路旁，我遇见一个卖烤土豆和烤鸡蛋的老妇人。她身披一件麻布缝制的寒衣，面孔被冻得通红，嘴唇瑟瑟发抖。但她就那么坐着，仿佛一个打坐念经的人。从她身旁走过，我听到一种骨折的声音，从她体内发出。她常年生存于高寒地带，经受风雨的洗礼和太阳的炙烤。她用一生的时光，来替大山包的一瞬间作证。这种生命的顽强和坚韧，使我欲哭无泪。忽然间，我觉得这个老妪是上帝专门派来大山包替朝圣者示法的。这样想着，我心里顿时升起对老人的敬意。于是，当我再次回眸凝望她时，我耳朵听到的，就不再是骨折

去大山包朝圣

的声音，而是一种经幡飘动的声音。

那声音随着雾气越飘越远，后来又完全化成雾，雾又变成颗粒。那每一滴颗粒，都是水死去后的"舍利子"，围绕着大山包在转经。我站在山顶上，凭栏远眺，试图看清山的远方。但雾实在太浓了，我的目光被乳白和圣洁给挡了回来。

我回转身，用衣角擦去眼镜片上的水雾。这时，我隐约看见有几个裹着头巾的妇女牵着马在山的对面站着。我走过去，那些马一律低着头。起初，我以为它们是害羞。待走近些，我才体察到马那表情里的疲惫和眼眶里的泪水。马的泪，也是大山包的泪。我掏出手机，拍了几张照片。我要把这高寒地带的英雄形象带走，顺便把英雄背后的疼痛和温暖一并收藏。那几个牵马的妇女，一见到我就大声嚷嚷：骑马吗？便宜嘞。我极力摆手，自顾朝前走着，她们仍跟着我纠缠不休。马照旧低着头，看着脚下的路，以及路上的马蹄印。那些凌乱的蹄印，酷似一把把被光阴磨变形的月牙刀，割着大山包的皮肉。马每走一步，大山包就会发出疼痛的呻吟。而那每匹精瘦的马背上，都驮着一个移动的"大山包"。

我再一次感觉到寒冷，被美刺伤的寒冷。我努力要摆脱牵马人的纠缠，像马要努力摆脱被缰绳套住的厄运。瞬间，我跟那些马匹结成了兄弟。我们共同流浪在这高寒地带。我们都被时间流放了。我们走过了昨天，到达了今天，将走向明天。大山包只不过是我们流浪途中的一个驿站。

既然是驿站,那就不要多做停留,前方的路还远着呢。我开始在浓雾中四处摸索,寻找下山的路。这时候,不知从哪里跑出来一条狗,无助地望着我。我想,这个地方怎么会有狗呢?难道是它触犯了天条,被贬斥到了大山包,受困于此若干年,只为等待可以解救自己的人。像孙大圣当年被佛祖压在五行山下,等待去西天取经的唐僧那样。这条狗很有灵性,它一眼就看穿了我绝对不是它命中的唐三藏。不但不是,而且似乎还察觉到我也是一个在到处寻找高人点化之人。由是,它朝我轻吠了几声,像一个被逐出佛门的沙弥念了几声阿弥陀佛,就独自逃开了。

逃开也好,它走它的路,我走我的路。

雾丝毫没有散开。我既像是被雾裹着在走,又像是被自己的想法裹着在走。我经常被自己的想法打败,又经常被自己的想法放飞。这么说来,大山包倒成了我想法的栖息地,那我应该算是大山包的一只黑颈鹤吧。我来大山包,不是来赏景的,也不是来悟道的,而是来越冬的。尽管这个季节并非冬季,而是初夏,可人内心的季节,谁又能说得清楚呢?有时,一个人在一天的时间里就可能历经春秋冬夏,甚至在一个小时里也可能历经好几次四季的轮回,不是吗?

这样一想,我的心里顿时一片祥和。

返回的途中，有人不断地发出遗憾的叹息。他们说，要是没有雾就好了，也不至于啥都没看到。只有我沉默着，像沉默着的大山包。我知道，真正的交流是不需要语言的，就像真正的风景都在人的内心深处。我以沉默理解大山包，大山包同样以沉默理解我。你看，那漫天弥漫的浓雾，不就是我与大山包进行交流时涌起的纷飞的思絮吗?

　　也许，正是他人在大山包什么都没看到，我才因此看到了大山包的全部。

河鱼一日

河鱼,初闻此名,不解其意。按字面理解,以为有条河,河里鱼多,如此而已。后来查资料,果然如是。始知不是所有的地名,都一定有个深刻的内涵。古人比今人活得简单,故他们取的地名自然也很简单。简单而有诗意,我谓之"古典的浪漫"。

河鱼镇地处城口县东部,大巴山脉南麓。四面环山,形状似一个巨型口袋。早年间,据说此地土匪横行,打家劫舍,占山为王,搞得当地居民苦不堪言。可如今,岁月几度,山河依旧,当年那些土匪们行经之地,早已变了模样。一座座白色小楼房沿河而建,错落有致,仿佛世外桃源。每年夏季,都有不少人千里迢迢,驱车前来此地避暑,享受逍遥时光。谁也不曾料到,一个闭塞之地,竟也成了"人间天堂"。

我非有钱人，也非有闲人，故还没有足够的条件来此消夏。我来河鱼，原本就没什么目的，只是随便走走。像一尾鱼，在上游待久了，就想游到下游去，察看一番下游的水深水浅，趁机长长见识。话说回来，长见识也未必都要去大地方，可能越是小的地方，给人的思考反而越深。

抵达河鱼镇，是一个上午。阳光从山巅照下，使整个小镇都镀上了一层金色。同行的其他几个朋友都被眼前的景色给震慑住了，抬头仰望山脊，一副虔诚模样，好似信徒突然见到了佛祖的金身。这几个朋友都是搞写作的，他们相信万物有灵。也只有相信万物有灵的人，才能所见即佛。

小镇正中有一个广场，广场上没有人，只有几株垂柳。垂柳之下，一条小河蜿蜒流过，潺潺水声好似河鱼心脏跳动的声音。我循着水声望去，有两个小孩在河滩上捉螃蟹，投入而忘我。这两个孩子是有福的，因为他们手里的螃蟹，是那些城市里的孩子在电脑里捉不到的。城市里的孩子能够捕捉到的，也许只有汽车尾气、拥堵的人流、喧嚣的市声，以及变了味道的童年。

在镇上用过午餐，阳光越加明亮，像花季少女的眼睛，干净得让你没有一丝邪念。我看同行的朋友都没有要午休的意思，便提议驱车去乡下走走。河鱼镇的乡村，真是与众不同。几乎所有村子都建在山脚，呈直线形排列，远远看去，宛若一根绳子上，拴着大小不一的积木。

越往大山深处走，风光越是独特。尤其公路两侧险峻的岩石，让人叹为观止。那些巨石，完全是上帝借助鬼斧神工之力，在高山上雕刻出来的绝世之作。同行的朋友个个肩挎"长枪短炮"，对着这些自然界的艺术品不停地按动快门，试图将此景色悉数带回家里收藏。一路上，车子走走停停，车内人上上下下。一条原本只需几十分钟即可走完的路，却因此走了一个多小时。唯有我一直坐在车上，不曾下车。只默默地透过车窗，静静地体察着山的性情和内涵。有时候，观察或欣赏一样东西，各有各的看法，各有各的角度，各有各的远近。这也因此使得观察者或欣赏者所收获的东西也不尽相同。我相信，我坐在车内所看到和感受到的东西，不见得就比下车去的人所看到和感受到的东西少。

从乡下回镇时，已是薄暮时分。夕阳退到半山腰上，像被农妇洗掉色的一块黄色围裙。估计是同行的朋友下午看景时都太贪婪了，个个坐在车里恹恹欲睡。风景看多了，也会累人的。这个简单的道理，遗憾没有多少人真正懂得。

晚上住在河鱼镇一户由农民自家改造的旅馆里。开旅馆的是一对夫妻，丈夫是个退伍军人，烧得一手好菜。妻子朴实大方，说话很有分寸感。三言两语，就把我们这群吃文字饭的人说得心花怒放。其中的某位男作家，据说已经动了要在河鱼镇安家的想法。

　　河鱼镇的夜晚是静的，静得没有一丝杂质。我躺在床上，正要感受静中的动。不想，窗外忽然狂风大作，雷雨交加。房内的电灯顿时熄了。问老板，方知是停电。再问电还可能来否？回答是可能来可能不来。我索性躲进房间，睁眼仰躺在床上。同屋的人问我："睡吗？"我说："可能睡可能不睡。"

　　窗外的雨更大了，仿佛要把黑夜彻底淋湿。

燕云花语

夏末初秋时节,我来到巴南,来到巴南的一品镇。不为探查历史,只为看花,听燕语呢喃。

花是葵花,盛开在整个燕云村。阳光从天空照下,一地金黄。金黄的阳光,重叠在金黄的向日葵上。仿佛地上的植物,统统戴上了皇冠,那么耀眼,那么惹人注目。我从花海中走过,能嗅到葵花散发出来的清香,甜甜的,柔柔的,像蛋黄上涂抹了蜂蜜。

或许是刚下过雨的缘故,葵叶上还挂着细小的水珠,圆润透亮,一如婴儿的眼睛,没有一丝杂质。每一朵葵花,都是一个小小的太阳。太阳每天都要升起,燕云村也就成了太阳的王国。我喜欢有太阳照耀的地方,正如我喜欢有葵花的燕云村。在这里,我看到了永不凋零的夏天,感受到了季节的圣洁和秩序。葵花在，太阳就在；太阳在，温暖就在。

忽然想到梵高，这位向日葵之子。他笔下的葵花饱满，昂扬，充满了生命的律动和隐喻。他用想象力的火柴，点燃了葵花之火，光芒万丈，熊熊燃烧。可谁能体会这火焰底部的苍凉和苦涩呢？只有葵花能懂。葵花是梵高的魂，梵高是葵花的化身。

如此说来，有葵花的地方，就埋藏着艺术的火种，就可能是诞生艺术的灵地。

在燕云村，通过灼灼之花，我似乎与荷兰的画家相遇了。

风从远处吹来，花海起伏波动，丝丝地响。我侧耳静听，不知是葵花们在窃窃私语，还是它们心跳的声音。我站在田塍上，悄悄地看着它们，像默默打量一个个害羞的姑娘。刹那间，所有的花都笑了，笑得腼腆，又笑得开心。我被花儿们的笑声击中，幸福顿时填满胸腔，眼中充塞泪水。我的泪水也是金色的。

最简单的幸福即是最高级的幸福。

在燕云村，我重新成了一个简单的人。太阳厚爱葵花，不是因为它绚丽，而是因为它简单。花简单到极致，恰如人简单到极致。

极致即一品，一品即极致。

花海左侧，有一口池塘，弯弯的，很像是这片葵林的眼睛。池边青草依依，风一吹，草就动，好似闪眨的眼睫毛，为葵林增添了几分生气。池岸上,蹲着一老一少两个垂钓者。老者气定神闲,目光停留在水面的浮标上。即使我靠近,他也不回头。钓鱼其实是钓一种心境。年轻者就不同了,左动右挪,头扭来扭去,嘴上叼一支烟。我真担心,他非但钓不到鱼,反而让鱼给钓了去。

我顺着花海的小径走了一圈,午时的阳光比先前更烈,晒得脊背发烫。我正欲朝阴凉处躲,却不想,就在我转身的时候,发觉田里的葵花都在欢呼雀跃。它们的头一律朝着太阳的方向,吸收光的热能。一时间,我仿佛置身童话世界。我深入到了一朵朵葵花的内心,我窥探到了葵花们的欲望和秘密诉说。

花也是有灵的。

花有灵,正如人有魂。谁跟花亲近,谁就拥有了花魂。

在燕云村,我未能听到燕语,却听到了花语。每一句花语,都是灵魂出窍的声音。

看李花去

不能说没到过梁平,如果擦肩而过也算一种缘分的话。

我第一次坐车路过梁平,是前年秋天。目的地是哪儿,忘了,只记得路过。有时候,人坐车不一定非要去往何处,就是坐坐而已。坐满一圈,又回到原处。

没有目的,也是一种目的。

但这次不同,我不允许擦肩而过的事情连续发生两次。所以,才在缘分的撮合下,与梁平来了一次亲切的拥抱。拥抱是一个"果位",是人与人,或人与物在擦肩的过程中修得的"正果"。

或许正是为表达对这一"正果"的敬意吧,我刚到县城,便收到梁平献上的鲜花。不是一朵或一束,而是漫山遍野。那么洁白和芬芳,这让我有点受宠若惊。

花是李子花，远远看去，像谁在山腰上放了一条白纱巾。阳光从空中照下，白里面就裹着一层温暖，犹如在粽子上撒了白糖。我沿着盘山公路步行而上，越往上爬，李子花越繁茂。偶尔有几株桃树点缀其间，好似心灵手巧的农妇在白裙子上绣出几朵大红花。

花丛里，有几位摄影师扛着"长枪短炮"窜来窜去，对着几个姑娘按动快门。姑娘们欢声笑语，笑得李花簌簌而下，仿佛一场"花瓣雨"。而在摄影师身后的岩石上，却站着一个村妇，手里抱个孩子，不动声色地看着眼前这些为花而疯狂的人。村妇不懂艺术，可她的眼神又分明在告诉你：艺术就是被摄像机所忽略或过滤掉的东西。

大约走了一个小时后，我感觉两腿有些疲软，想歇一歇。抬眼前望，正好花林里坐落着一户农家。走近察看，院坝里没有人，只放着一张长板凳。我顺势坐了下去，不料，这一坐，竟然坐进了"筲箕"里（因此地形状似筲箕，故当地人称其为"筲箕湾"）。大概是躲在屋檐下睡觉的狗见到了陌生人，朝我狂吠不止。我被吓了一跳，正要起身逃走，这时，从屋里走出来一个农妇，身上围着围裙。看样子，她正在灶房里忙碌。我正欲解释，农妇却笑着先开了口，一边招呼我坐，一边呵斥狗噤声。而且，她还跑进屋里，端出一杯热茶和提出一袋广柑请我品尝。农妇说，这广柑都是自己树上摘的，可放心吃。我尝了一个,果然口感不错。这年头,能遇到如此热情好客、憨厚质朴的农民,让我很是温暖了一阵子。

离开李子园时,已是夕阳西下时分。看李子花的游客也都逐渐散去。他们边走边聊,脸上挂着观赏美景后的满足感。我跟在他们身后,像一个收尾的导游。待走到一个拐弯处时,我突然发现道旁的一树李花上,有两片花瓣在舞动。出于好奇心,我凑近树枝看个究竟,原来是一只蝴蝶。我用手指触碰它,它也不起飞。仿佛一个舞者,正陶醉于李花制造的幻觉中。我不想打扰一只恋花的蝶,转身悄悄地走了。

身后,夕阳与李花正在"受孕"。

植物注解

蓝莓

南川有个大观镇，镇里有个大观园。园里百花争艳，蜂来蝶往。可人一去，它们都藏了起来，唯留下几缕花香，飘散在空旷的野地里。

我们去的时候，天已黄昏。傍晚的夕阳淡淡的，鎏了金，像民国时某个大户人家里千金小姐用过的梳妆台的颜色。在园子里走了两圈，地里的花朵很安静，甚至有几分忧郁，仿佛在集体等待春天似的。可惜，春天没来，我们却来了。人有时就是这么讨厌，不但制造不了丝毫情调，反而尽干些煞风景的事。

赏完花卉，我们正要离去，却突然发现野地右边，栽了一大片矮小的物种，上面挂满了蓝色的小果实。果实上裹着一层白灰。有人说那是"蓝莓"，价格很昂贵的。果然，在工作人员的陪同下，我们来到一户人家。主人煞是热情，自称是蓝莓种植园主。刚进院，他便端出一箱蓝莓让大家品尝，脸上露出自得的表情。大家见状，开始兴奋地大吃特吃。不要钱的东西，吃起来总是那么令人开心。

看得出，主人靠种植蓝莓发了财。他极言蓝莓之好，营养价值之丰富。大家边吃边听他说话，不多一会儿，天色便暗了。起身走时，他让每人都带上一盒路上吃。大家果真就拿了，一脸坏笑。

据说，吃了蓝莓明目。但若眼睛亮了，心却暗了，吃又何益？

茶树王

称王是应该的。

它站在山头上千年了，经风沐雨，见了不少世面。我从未看到过这么粗壮、沧桑而又挺拔的茶树。在时间的磨砺下，尽管它的树身裂开了一道口子，但仍顽强地活着，而且，活得越来越透彻，越来越淡定。

在微风细雨中，我围着树王默默对视良久，心中感慨万千。偶抬头，但见茶树上绽开无数嫩芽，惊喜不已。这是十足的"老树新芽"之相。

据介绍,此树年产茶量不多,故价格不菲,一般人是吃不起的,只能观看,比如我等。但这么老的茶树,已经老成精了,谁还敢吃?人的胆子就是大,什么都不怕。

跟随我们一同观看的,还有当地一位"老茶客"。他不说话,就那样静静地站着。他笑的时候,像个"奸商";不笑的时候,像个"智者"。

拜毕茶树,我们来到当地一农户家品尝"油茶"。这是只有南川本地人才喝的一种茶,煮茶时,需要加入"猪油"调制,入口香而不腻。此种茶,因有提神醒脑之功效,故当地居民将之当作"功能饮料",茶余饭后都要喝一喝。

遗憾的是,我们的肠胃都太娇气了。同行的好几位朋友,喝了"油茶"后拉肚子,一路上都在折腾。边折腾边埋怨茶的不是。可这跟茶有什么关系,茶永远是好东西,只是城里人的胃被大鱼大肉填坏了,适应不了这野生之物而已。

人太过聪明,凡事总把责任推得一干二净。

草药

一进园子,即嗅到"遍地药香"。跟花卉比起来,它的香味更醇更浓,带着厚重感,是苦涩中的甘甜,风雨中的彩虹。这种香味时时提醒着你,真正的香,都是苦的,比如生活,抑或人生。

园子有个好听的名字："中草药博览园"。正如每种药材都有个好听的名字一样，体现了古人命名的智慧——玄参、半夏、白芷、玉簪、金银花、天门冬、党参、泽泻、续断、栝楼、辛夷、大黄、桔梗、天麻、黄柏、杜仲……若将这草药王国里的众多兄弟姐妹放在一起，那无疑是植物界的"名旦荟萃"，个个都是"角儿"。

作为一个乡下长大的孩子，我对草药有种特殊的感情。那时家贫，一旦有人生病，家里人就只好上坡挖草药来熬水让病人服下，以缓解病痛。故只要得闲，我便约几个小伙伴上山采药。采回家后，挂在房梁上阴干，以备不时之需。如今，岁月邈邈，往事如烟，我家乡的人们已不再采药，但那些中草药却随同野草一起，占满了山坡。思之，不禁感慨唏嘘。

我们在博览园里一边参观，一边聆听讲解员的讲解，真可谓开阔眼界、增长见识。大多数药材，我们只知其名，并未识其身。这一株一株野草，看似普通平常，在关键时刻，却能救人的命。这也跟人世间很相似，看上去高大上的东西，往往华而不实，没啥用处。真正有用的，却是那些朴实至极，微小到可以忽略不计的事物。

如此说来，人嗅嗅药香也好。

吃药治病，嗅药治心。

走进大沙河

五行缺水的人，大都喜欢河。这叫缺什么想什么，中国人信这个。当然，也有五行啥都不缺的人，同样喜欢朝河边跑。究其原因，要么是肝火太旺，需要借水灭火；要么是生性贪玩，想把自己变成一条鱼，潜到水里，游来游去，借以消愁。

如此说来，河流对人有种天然的吸引力。

不过，我这里说的"大沙河"，却并非单指一条河流，而是一个自然生态保护区。它地处贵州道真自治县北部，与重庆南川接壤。此地林木幽深，生态原始，负氧离子十分丰富。若从重庆驱车前往，全程高速只需一个小时，很是方便。交通的便捷缩短了空间的距离，也缩短了时间的距离。

我去的时候，正值九月，虽秋风渐紧，仍有稀薄的阳光从天空照下。一路上，车沿着山脉起伏盘绕，像坐过山车，有种刺激感，兴奋感。从车窗望出去，两边山峰耸峙，树木苍翠，偶有云雾缭绕，如梦亦如幻。隐约中，似有仙子驻足其间，婉转水袖，轻歌曼舞，让人灵魂出窍。

抵达道真，已是薄暮时分。因当地居民皆是仡佬族，晚饭吃的，自然是独具特色的"三幺台"。甫入座，只见穿着民族服饰的姑娘，唱着迎宾曲，步履款款地托着茶盘，为每位客人奉茶，俗称"一幺台"。随茶呈奉的，还有各式各样的点心。一刻钟过去，姑娘们撤下茶杯碗盏，端着酒杯和小菜出来了，此乃"二幺台"。她们一边唱祝酒歌，一边朝客人嘴里灌酒。不管你酒量如何，她都能用热情和柔情撬开你的嘴巴，让你喝也得喝，不喝也得喝。没办法，入乡随俗，到哪个坡就得唱哪个歌。规矩如此，你不能乱。酒过三巡，见在座宾客大都醉眼蒙眬，姑娘们便鸣锣收兵，盖上酒瓶，撤走了。不多一会儿，她们又载歌载舞，排着队，端出各种美味佳肴，请客人品尝，谓之"三幺台"。而此时，客人们经过先前茶和酒的轮番轰炸，早已是肚腹鼓胀。桌上珍馐虽勾食欲，也只好面面相觑，手摸肚皮，自叹遗憾了。谁叫你之前贪吃多胀，不懂得循序渐进的道理啊，活该。看来，做任何事，都要适可而止，不能太过。

翌日上午，去看傩戏表演。这种带着神秘色彩的巫文化，在元、明时期即已传入道真境内，距今有六七百年历史。刚到目的地，便见一块不大的水泥平坝上围满了群众，老少妇孺皆有。一时间，锣鼓喧天，唢呐齐鸣。几个身穿道袍的法师，站在傩坛前焚香顶礼。几分钟后，他们戴上面具，手执法杖，开始表演。忽然间，一股冷风吹来，法师好似神魔附体，口中念念有词，手舞足蹈，挥戈划戟，围观者无不屏气凝神，两股战战。尤其是那神态各异的面具，狰狞可怖，眼珠和嘴唇还可以动。据说，这种能够活动的面具，只有道真才有。动静之间，神鬼出没。一张面具，打通了阴阳两界，连接起了古今文化。观傩戏，也是在观人生。神表演给人看，人表演给神看。所以，当人在装神弄鬼的时候，完全不必害怕。因为，神也在学人的装模作样。一旦摘下彼此脸上的面具，大家都是一样的。人和神，原本属同一个。

下午，天下起了雨。我撑着伞，跟随同游的朋友在大沙河景区内转悠。雨点打在伞上，噼啪作响。迎面吹来的，是青草和泥土的味道。抬眼环顾，四周青山绿水，斜雨飞丝从山顶飘下，仿佛无数淘气的孩子在玩泼水。这样想着，正好有个孩童，背上背着一个比他更小的孩童从路旁走过。我问："你今年几岁？"答："九岁。"又问："背的是谁？"答："三妹。"我用一双眼睛盯着他们，他们用两双眼睛盯着我。

雨越来越大，就在我们六目相对时，雨水已在脚边流成了一条河。

水下的乡愁

秋天是适宜远游的季节。

在这个秋季快要过完的时候,我来到了千岛湖。那个下午有些冷,天空阴沉沉的,像要下雨,又下不下来。只有风,悄悄地吹着。江南的风是柔和的,有丝绸的质地。风从我的脸颊上拂过时,我嗅到了一股淡淡的清香味。这种香味,能消除人的杂念和欲望。

风是千岛湖的信使。

在信使的引领下,我登上了游船。那一刻,我被这宽阔、幽深而清碧的岛湖震撼了。放眼望去,错落参差的小岛星散在湖面上。我第一次看见了水的骨骼,也第一次感知到水的硬朗。水也是有性格的。水睡着时,它的性格呈阴性;水睡醒时,它的性格呈阳性。呈阴性时,水是能溶解水的水;呈阳性时,水

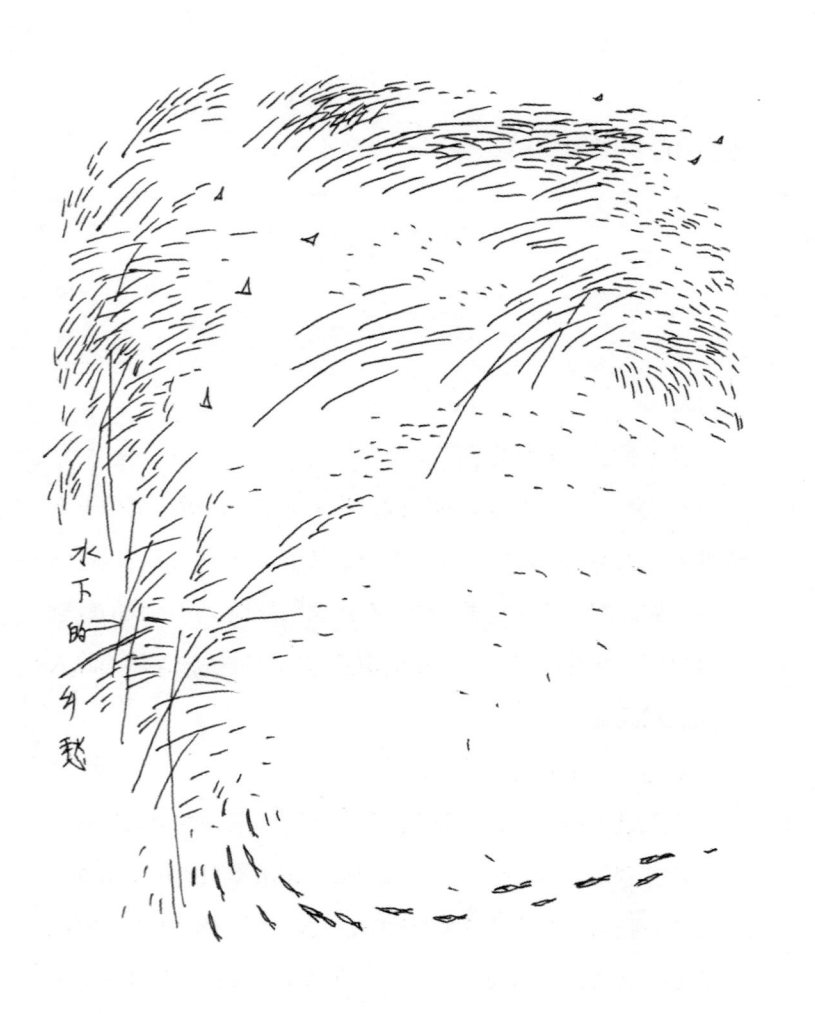

水
下
的
乡
愁

是能熄灭火的水。千岛湖的水，似乎既没睡着，又没睡醒。它永远睁一只眼，闭一只眼，让靠近它的人忐忑不已。

水是千岛湖的灵魂。

我站在船头，正与另一个灵魂相遇。那个灵魂，它藏在水底，像历史藏在时间的深处。船在水面破浪行走，我的思想也在行走。那天的水浪很大，船左右颠簸。水花溅到船窗玻璃上，亮晶晶的，十分圆润。但是瞬间，这晶润的水珠就破碎了，只留下一道道水痕，印在玻璃上。水珠化了，水留了下来；历史去了，记忆留了下来。

在千岛湖，我产生了探秘的愿望。我从水面上走过，也是从水底下走过。我深信，那些水面的动静，一定是水底世界的投影。

我不能辜负这次行走。我要像一尾鱼那样，深入千岛湖的内部。我没有探秘的仪器，我的幻想就是仪器；我没有探秘的光源，我的目光就是光源。

这样想着，我已经离开了现实，抵达了梦境。

在幽深的水域中，两座汉唐古城赫然显露，一座名叫"狮城"，一座名叫"贺城"。刹那间，一段被掩埋的历史复活了。那些气势恢宏、雕龙画凤的牌坊依然矗立在水底。从1959年到现在，数十年的时光对古城来说，不过是历史长河中的一瞬。可这短短的一瞬，却是某些事物的一生。在狮城的门口，有一对石狮子，睁大着眼睛。它永远那么忠诚，替那些迁徙的人们守候着家园。这大概是一对很有风度的狮子。它每天都用千岛湖的水，把头上的卷毛梳洗得干干净净。一看，就很有尊严。主人走了，狮子照样要把日子过得亮亮堂堂，周周正正。

水能淹没古城，却淹没不了发生在古城里的故事。

那一个个徽式院落，繁华虽已褪尽，只剩下残垣断壁，但透过水纹，我似乎仍能看到谁家的姑娘在院中跑动的身影。她那一头秀发，随着水波飘来荡去，柔软如丝，撩拨得隔壁家的小伙子蠢蠢欲动、神魂颠倒。

院落里的天井还在，曾经盛满阳光，现在盛满了水。或许是阳光太强烈了吧，需要水来浸一浸。就像铁匠把手里烧红的毛铁，做最后的淬火一样。天井的右方，也许曾有一棵树。树下也许曾摆放过一张石桌。老人在石桌上下过棋，小孩在石桌上做过作业。现在，这张石桌成了鱼儿们的观景台。每天晨昏，鱼儿成群结队来到观景台上，像一拨又一拨游客拿着相机在拍照。每一只鱼眼，都是一个高清摄像头，它们替大家看见了人类看不见的东西。

千岛湖的水下风景，要比水上风景好看。水上的风景，只是风景而已。而在千岛湖底，你随便捡起一块城砖，都是文物。那些城砖上，还可以清晰地看到"光绪十五年""民国二十三年""县长张宝琛"等字样。每一个字，都印刻着岁月磨砺的痕迹。院墙坍塌了，砖还在；砖残损了，砖上的文字还在。这些文字，使一切消失的东西获得了重生。

千岛湖的水是千岛湖的显影液。它洗出了一张张被尘封的照片，回放给我们看。透过那些发黄的照片，我目睹了二十九万人迁徙的身影，迁徙的命运。

那或许也是一个有风的日子。只有风，才喜欢吹响天地间那嘹亮的号角；只有风，才喜欢卷走它所喜欢的东西。在风声的呼啸中，二十七个乡镇空了，一千多座村庄毁了，三十万亩良田淹了，数千间民房垮了，几十万人的心碎了……整个贺城和狮城，遍地都是父老乡亲们痛失家园的哭声。

建立一个家园，需要无数代人的努力；失去一个家园，却只需要几分钟。从此，那些离乡背井的人们，只能在梦里去寻找家园了，只能一辈子背负着乡愁去生活。

即使人死了，乡愁也还活着。

乡愁，有时是一把生锈的刀，能把人割得眼泪直流；乡愁，有时是一味苦涩的药，能治愈人身上不能治愈的病。到了千岛湖，我终于相信了——所有的湖水，都是思乡之人滚落的眼泪。

只要乡愁绵延，千岛湖的水就不会干涸。

可时间到底是残忍的，它不但拉开了游子与故园重逢的距离，还把我从水下的梦游中拉回到了现实。回到现实中的我，还像是在梦游。我怕患上梦游后遗症，便找了一个高处，把记忆挂起来，将水分晾干。

我坐着缆车，到达了梅峰岛。

这个岛上真是风和景明，极目远眺，千岛湖尽收眼底。我选择了一个无人的角落，手扶栏杆，默默地看着远处。像一个寻梦的孩子，望着高远的蓝天；又像一个离群索居的人，望着他的大孤独、大寂寞。

千岛湖是千岛的天堂，正如故园是人类的天堂。千岛在天堂里沉睡，千岛也在天堂里涅槃。那涅槃后的每一个岛屿，都是一个人间仙境。我站在仙境的高处眺望，看到了过去的桑田沧海，也看到了未来的万古永恒。在这过去与未来之间永远传诵着的，是历史轮回的梵音和生命不息的歌唱。

拜谒大佛寺

　　大佛寺位于潼南县城定明山北麓。此地环境幽深，古木苍翠，是块难得的佛地。我国第一大鎏金佛"潼南金佛"便趺坐于此。甫一入寺，耳畔便传来阵阵梵音，给久居红尘的我辈，先来一次心灵的洗礼。环顾四周，但见三两僧人，在院落里漫步，步履间满是生趣和禅机。待走进殿内，才见迎面一尊金佛，盘坐崖壁。雄伟的姿态，淡定的容颜，真有看破红尘的脱俗和高深。佛像通高十八点四三米，为佛、道家共同雕凿，唐代凿头，宋代凿身，后又历经宋、清和民国四次装饰金身，保存完好。抬头仰视，佛光普照，真不愧有"金佛之冠"的美誉。

　　我的心一下子静了。

　　大佛寺是潼南的一张文化册页，记录着潼南深厚的佛教文化和历史人文。只要走进它，就仿佛穿越时空隧道，来到了隋朝，或者唐宋，感受宗教文化源远流长的独特魅力。时间使人世间的诸多事情都烟消云散了，唯独光辉灿烂的历史文明却历久弥新，为后人所景仰。这或许便是人类生生不息的奥秘之一吧。

我不禁为之陶醉和喟叹。

大佛殿左侧，有一四角攒尖覆楼两重的楼阁式古亭，上书"了翁亭"三字。据考证，此亭为南宋理学家魏了翁创修。无论是从建筑学，还是美学的角度看这座亭，都有一种静笃、古朴的气息。我走近仔细看了看，古亭青石垒砌的墙缝上，竟冒出几棵小草的嫩芽，这让古亭一下子多了几分生气和活力。这座亭子是属于人文的。我佩服魏了翁的眼光，他真会找地方。不过，这大概也符合他的性情吧——超然物外，笃守内心。这座亭，跟大佛殿很是契合，可谓相得益彰。

沿古亭继续向前走，见右侧峭岩上，赫然出现一个有着石阶的"寨门"，称为"七情台"，又名"七步弹琴"。踏石阶朝上走，能清晰听到类似古编钟的琴声在洞中环绕、回荡。这条石阶凿于明代，较北京天坛回音壁早建百余年，为我国古代四大回音建筑之一。

我再一次感到震撼！

石梯一级一级向上延伸，我一步一步朝上攀登。每一个阶梯都是一段历史的缩写。阳光从树枝的缝隙间漏下，安静而美好。抬头望天，满目白云苍狗。刹那间，我的生命中仿佛回荡着岁月的涛声。我果真听到了一种美妙的声音，从远古而来。在这个宁静的上午，分外清晰。但我听到的，并不是那种古编钟式的琴声，而是一种"禅音"，属于我的"禅音"。

从石阶上下来，视野所及，一座"七檐佛阁"赫然在目。该佛阁又名"大像阁"，始建于南宋。七檐尽为琉璃覆盖，是我国最早使用全琉璃顶的古建筑。从它殿内的塑像看，尊尊佛陀皆慈眉善目，让人心生悲悯。记得西南联大教授刘文典有个说法：优秀的作家都是"观世音菩萨"。"观世音"即观察尘世生活，"菩萨"即要有菩萨心肠。这话道出了写作的精髓。观大像阁，加深了我对这一精髓的理解。然而，对于那些不爱好写作的人来说，大像阁也无异于一个"精神栖息地"和"灵魂净化所"吧。

沿大佛殿东岩石壁长廊慢走，能看见流水潺潺的涪江。溪滩上有几只白鹤，在戏水找食，一派悠闲自在。河岸边不远处，有一片油菜花，在风的吹动下，轻轻摆动，摇碎一地金黄。远远看去，似一幅天然的素描，气韵生动，惟妙惟肖，透出静谧与祥和。

佛陀慈悲，生活在潼南的人民有福。

佛佑众生，不远千里来拜谒大佛的人有福。

在路孔的那个下午

那个下午,有风从远处吹来,仿佛来自明朝。

我站在古镇巷子的石梯子上——那上面布满了岁月的风霜和历史的尘埃。石梯一级一级蜿蜒向上,好似古代仕女遗落在民间的腰带,有了些幽怨的成分。石梯两边,古朴、暗淡的木式结构的房屋,错落有致。单从它那还未完全褪色的木柱上看,曾经的华美可窥一斑。其中,有一座"赵家祠堂",还依稀透露出过去年代的气派和恢宏。说不定,那青黛色的砖墙上,还残留着这家女主人当年留下的手印呢!

走进祠堂,扑面皆幽静。抬头望天窗,满目蓝天白云。不知在这样的高墙里生活,人会不会寂寞。正这样想着,脑子里立刻浮现出南唐李后主词句里"寂寞梧桐深院锁清秋"的意境。其实,深院锁住的,又岂止是清秋呢?怕还有红尘世事,以及无数寂寞的心吧！只是，春秋更迭，物是人非。如今的祠堂已不复昔日的生机，唯空余下如我者过客般的愁绪和遐思。

时间的无情，谁又能抵挡得住呢？

繁华与奢靡，爱与恨，都不过如梦幻泡影。

绕过祠堂，继续朝前走。一座"湖广会馆"赫然在目。从它内里设置的戏台看，曾经的风流烟花弥漫。人类迁徙的历史，真是波澜壮阔，且充满大苦痛！当年，那一批批从湖广背井离乡，浩浩荡荡填补四川的人，他们的内心该忍受着怎样的煎熬呢？"湖广会馆"莫不是他们在异乡重建的一个"精神故乡"吧。

路孔镇的历史，因有"湖广会馆"而厚重了许多。

巷道两侧，是贩卖各种东西的小贩。他们的表情里，有一种淡定和安静。这或许是路孔现在还没有被外界干预和打扰的缘故。我真希望这种原始的质朴不要被无所不能的商业铁手所蹂躏，让人间还能保留一点"净土"。

三三两两的孩童在巷子里窜来窜去，寻找童年的梦想和记忆，欢声笑语洒落一地。这些孩子是幸福的，他们出生在这个小镇，人生自是多了一种意境。

我在街边买了一个"叶儿粑"，入口，滑而不腻，黏软香甜。停留在舌苔上的，是来自民间的味道。借助这种味道的提示，我仿佛打开了深藏久远的童年密码——那种亲切的、虽然贫穷却不乏温馨的生活。

在路孔小镇，一个"叶儿粑"，激活了我的童年情感和印象。

从小巷出去，便是溪水潺潺的濑溪河。临河一架水车缓慢地转动。水车是另一种时间。缓和慢，是路孔小镇的生活节奏。河面上浮满水草，鱼儿在草下嬉戏。河的对面，几个垂钓者气定神闲，不知是在钓鱼，还是鱼在钓他们。河岸边的几块油菜地，在风的吹动下，轻轻摆动，摇碎一地金粉。几只小舟停靠岸边，竹制的雨棚似一把大伞，遮住棚中的打鱼人和打鱼人的梦。古桥上，走着几个农人，或挑着担子，或背着背篓，远远看去，似一幅天然的素描，真是小桥，流水，人家。

黄昏来临，我不得不转身离去。再次从巷子的石梯走过，我的耳朵隐隐听到一种声音——清脆，如水滴，从历史深处传来，仿佛曾傲[1]和尚敲出的木鱼声。

我喜欢这种声音——禅的声音。

---

[1] 相传明朝有位和尚叫曾傲，云游至此，化缘建庙，发现坡边有六个石孔，似与河通，便朝石孔倒入糠壳，糠壳竟从河中冒出，遂将此地称为"六孔河"，也称"漏孔河"，后更名"路孔河"。

访安居古镇

　　长长的青石巷道，像一条褪了色的麻质飘带，遗落在安居古镇的肩膀上。或许是受到风的拨弄，飘带上打了结。每一个结上，都缀着一个历史名词——引凤门、后河沟、会龙桥、火神庙街、万寿宫……

　　巷道上人不多，大都是本地居民。素颜布衣，散漫无拘，一派闲适自得模样。清晨的光线有些暗淡，朦胧中深藏几分意蕴，像印象派画家的画作。加之天空飘着蒙蒙细雨，愈加显得诗情画意。

　　巷道的一个拐角处，蹲着一个老人在"补锅"。看样子，老者已年近古稀，额头上的皱纹没能掩藏住岁月的秘密。他一袭蓝布长衫，很有民国范儿。煤炉里的火舌熊熊燃烧，把老人的脸舔得通红，其目光死死盯住那勺烧化的铁水。旁边的那口柴锅千疮百孔，一勺铁水补一个洞。我问老人："你干这行多长时间了？"老人说："一辈子就靠这手艺吃饭。"我问："现在还有人找你补锅吗？"老人说："没了。"现在的人都用电饭煲。事后我才搞清楚，原来是当地政府专门花钱请老人到古镇来做"补锅表演"的。起初老人不同意，他热爱补锅这门手艺，不愿自己干了一辈子的行当，最终却要沦落到"耍把式"的地步。镇政府派人反复做他的思想工作，说请他出山，并不是为吸引看客，而是希望能让补锅这门传统手艺留在更多人的记忆里。老人思来想去，答应了。看到老人补锅的孤单身影，我为一种无力回天的消失而伤痛。在这个越来越变幻神速的时代，不知有多少传统手艺正在消亡，不知有多少民间技艺正在走进历史的博物馆。

柴锅上的疮孔容易修补，倘若生活的疮孔、历史的疮孔、文化的疮孔需要修补，怕不是一个迟暮老人所能为之的吧？

也有超然物外的老者。

在古镇的另一端，一座老宅子的屋檐下，有一位期颐老人正躺在竹椅上闭目养神。任何从他面前走过之人，都会驻足观望其好一阵子。嘴里议论纷纷，不知是在羡慕老人的长寿，还是在感叹生活的馈赠。唯有老人沉默不语，连眼皮都不抬一下，似一个得道高僧进入禅定，把眼前的一切视如过眼烟云。人若真能活到不以物喜、不以己悲的境界，那也真算没白来人世走一遭。

随行的诗人李钢是个摄影爱好者，凡能入他镜头之景，若非充满了诗性，那必定充满了神性。在经过老人身旁时，他拉住我，让我给他撑住伞，迅速掏出相机从不同角度给老人拍了几张照片。随后，他一路上都在翻看那几张片子，表情透露出一个诗人才有的深刻和悲悯。

莫非安居古镇激活了一个诗人写诗之外的什么东西？

雨住了，石板上能照见人影子。我步履款款，东瞅瞅，西望望，像一个浪迹多年的游子，在面对故乡的褐色院落和爬满了青苔的墙壁，寻找丢失已久的记忆。唏嘘慨叹间，偶一抬头，看见右侧的木质门框内，立着一个少女，正在梳妆打扮。乌黑长发遮住了大半边脸颊，我盯住她看了很久，看得自己都羞涩了，脸上出现了朝霞。正欲转身，少女却猛然发现了我，梳妆的双手立刻显得不自然起来，脸上的朝霞比我的还要浓艳。瞬间，她朝我笑了一下，转身闪回房里去了。一整天，我都怀疑是否撞见了《诗经·卫风·硕人》里描写过的那位"巧笑倩兮，美目盼兮"的女子。

在如今这个时代，若要找一个靓丽的女子不难，可要找一个懂得羞涩、矜持的女子却不易。

现在的古镇都太喧闹了，铜臭味太重，有些刺鼻。名气越大的，越被那些看不见的利益之手所蹂躏。就像你仰慕一个女子，敬重她的名节、气质和风韵，可当你千里迢迢，慕名前去目睹其芳容时，你眼里看到的，却是一个脸上被强行整容后涂抹得姹紫嫣红，两枚耳盘边沿排列着如衬衫纽扣那样的耳钉，嘴上叼着一支烟，十根指头上戴着七个或八个金戒指，正端着碗南瓜饭骂街的女人。那种深深的失落感和绝望感，足可让一个人毙命。

所幸，安居古镇目前尚未遭此劫难。我也希望她不会遭遇这样的厄运，永远做一个内敛的清白女子，为人间保留一份传统之美。

传统之美总是使人平静。

青海笔记

青海湖

青海湖的肚量很大，大得只装得下水。水是青海湖的灵魂，有灵魂的青海湖是不死的。风从湖面上吹过，便有了水的性情；阳光刚抵达水面，就融化了。闪闪的金光，是一河揉碎的思想。向着湖心深处，渗透，渗透……仿佛无数个魂灵，如释重负，上善若水。

远处的天空，湛蓝，深邃。那是诗也无法穿透的意境。空旷成就博大，脱俗成就高深。几头牦牛，在湖边饮水，饮尽命运的孤独和沧桑。青海湖，是牦牛的故乡；牦牛，是青海湖的子民。

我伫立湖岸，幻想到湖的彼岸去，可无舟渡我过河。我索性坐下,似老僧入定。脚无法抵达的地方,就用心;心无法抵达的地方,就借助翅膀。任何的行走,都不过是为了飞翔。

面对青海湖,我再一次完成了我自己。

我是青海湖里的一尾鱼,游走于前世与今生。

贵德

黄河一流经这里,就变得清澈了。越清澈越厚重,就像越是浅的越深。

傍晚的天幕罩下一层面纱,使黄河显得那么神秘。我脱掉鞋子,卸下心上的负累。走进黄河,进入一种哲思,一种宗教。我听见黄河的心跳,是来自宇宙的梵音。贵德,是黄河的一个天然养息所。喝黄河水成长的贵德人,胸襟也便如黄河一般大气,透着隐士的风范。

不是所有的故事,都来自传说;

不是所有的河流,都只为流淌;

不是所有的道路,都指明方向;

不是所有的思想,都来自头脑。

看过贵德的黄河后,黄河从此不再浑黄。正如一个人,只要心澄澈了,看什么,都是干净的。

塔尔寺

走进塔尔寺容易，进入禅境太难。敞开心扉容易，抛弃欲念太难。因此，我只是塔尔寺的一个过客，我的心堆满了尘世的寒冰。

难道，就不想改变什么吗？任何的进入，都是一种造化。

明亮的阳光，将我的影子投射在塔尔寺的墙上，仿佛另一个我，正在死去。几个穿着红袍的喇嘛，从我身旁平静地走过。似一个意念，带走我的疼痛。接着，我看到自己寒冰消融后的心尖上，盛开出一朵硕大的酥油花。

耳边，隐隐传来喇嘛的诵经声。转经筒每转动一圈，都是一次生命的轮回。

坎布拉

坎布拉的山很高，不长毛发。坎布拉的高度，是不可以仰望的，只能敬畏。坎布拉即使在静止的时候，也在飞翔。

那些弯曲、陡峭的道路，是河流的血脉。蓝天下，阳光俯下身子，想亲吻山下的湖泊。云朵嫉妒了，扯来一块麻布，遮住阳光的脸。眼泪珍珠般滚落，一副怜香惜玉的模样。

鹰，永远都是个旁观者。在天空盘旋数圈后，不动声色地消逝于远方，像一个智者，看破红尘。

一群来自异地的人，在山顶寻找风景和寂静，并试图获取一个高度。

其实，站在山巅的人，是看不到高度的，高度已被他们踩在脚下。

记忆中的敦煌

一

坐于鸣沙山之上，极目处皆苍凉。沙垄纵横，脉络分明。伫立远眺，恰似时间馈赠给大地的皱纹，又像雕刻家刀下那凝固的水波，有孤绝之美。

风乍起，掀掉了我的帽子。细沙钻入脖颈，痒痒的，像有虫子在爬。我整整风衣领子，想抵挡沙子的入侵，也抵挡风的入侵。身处沙漠之中，我是脆弱和渺小的。我担心，一阵巨大的旋风刮起，会把一座沙丘移至我的头顶，然后，落下来，将我掩埋，像掩埋一个家园，和一段历史那样。

夕阳照着黄沙，也照着远处那些滑沙的游人。那些游人，跟我一样，来自南方。他们长相清秀，眉宇间透着江南柔情。

记忆中的敦煌

他们的目光，平常见多了水乡的灵山翠木，突然间，看到旷阔的沙漠，心情自是难抑激动和兴奋。他们结伴从沙丘顶端顺势滑下丘底，嘴里狂喊着，心中压抑许久的情感，如泻堤之水，尽情释放。同时释放的，还有人生的一份大自在，生命的一份大逍遥。

据《敦煌志》记载，"风吹或人乘沙流，生鼓角之声。其声轻若江南丝竹，其音重如旱天雷鸣"。鸣沙山因此而得名。但那天，我没能聆听到沙山发出的雷鸣之音。我听到的，只有滑沙的游人肆无忌惮的爽朗笑声和远远传来的清脆的驼铃声。

也许，沙山的雷鸣之音，本属天籁，只有未被尘世喧扰的耳朵才能听到。

二

两个头裹水红色丝巾的妇女，牵来骆驼，用当地话说："沙山的那边，就是月牙泉了。坐骆驼去，很快的。"未及询问价钱，朋友便拉着我，急忙爬上了这"沙漠之舟"。作为一个摄影爱好者，我理解他对美的追寻。来到敦煌，不去瞧瞧那只"沙漠之眼"，还算来过此地吗？

坐在骆驼背上，我心澄澈。这种澄澈，来自对月牙泉的幻想。那该是怎样一块明镜呢？耳畔自然又响起田震的那首歌来：

"它是天的镜子,沙漠的眼,星星沐浴的乐园。从那年我月牙泉边走过,从此以后魂绕梦牵……"这首歌,一直被我视为月牙泉的安魂曲。它曾深深地打动过我,让我的心有洗涤风尘之后的干净。

牵骆驼的妇女,带着我们在沙漠里兜圈子,消磨时间。这让我们甚为恼火。不知她是想制造路程远的假象,还是故意不让我们冒失地靠近月牙泉,以免我们身上的世俗气玷污了月牙泉的圣洁。

可当我们真的走进月牙泉时,我和朋友都少了预料中的激动,反倒生出失望——那哪是明澈的圣洁之水啊,分明是接近干涸的眼泪。月牙泉的现状,也远不是歌里所描绘的那么动人。围上铁栅栏的月牙泉,周围枯草衰竭,残叶零乱。泉中浅水泛黄,杂质铺陈。风吹过,枯草晃动,仿佛月牙泉眨了一下睫毛,满眼皆伤。

月牙泉左边的凉亭,陈旧破败。三两游客,坐于亭中,下棋、品茗,一副忘我境界。只是凉亭正中的匾额上,赵朴初先生题写的"听雷轩"三字,依然苍劲、古朴,透着佛家禅境,昭示着月牙泉那来自天地造化的神奇与绝妙。

来此游览的人们,或躺或卧,或举手或叉腰,争相与月牙泉合影。月牙泉是他们心中的一个梦境。而他们,是月牙泉眼里的什么呢?

朋友举着相机的手有些颤抖，他说："美是最经不起伤害的，被伤害过的美，不再是美，顶多算是美的残骸。"

我绕着月牙泉慢慢地走，幻想穿越时空，回到过去，回到月牙泉的梦境里去，乘一弯月牙，飞回南方，让这月牙泉的"舟子"，也沾点江南的灵气。

朋友叫住我："既然来了，还是拍张照留作纪念吧。"我拒绝了。我想把这里的景象藏在记忆里。印在照片上的东西，缺乏想象空间，也缺乏深邃的美感和厚度。而留在记忆里的物景，却能恒久鲜活。只要记忆不灭，这鲜活，便如生命一般丰富，且永存反思的力量。

从月牙泉出来，偶见鸣沙山下右侧，裸露着一片墓地。凸起的沙堆，像是鸣沙山的缩影。每个坟堆前，都立着一块牌子，上刻亡者姓名及生卒年月。那些逝者，活着时与风沙为伴，死后，又化为沙尘，去追觅生者的踪迹。

如此艰辛的轮回，会不会使他们的灵魂也像跑动的风沙一样，躁动不安？

三

戈壁滩上，风沙漫卷。坐在车内，听见四面八方飞来的沙砾击打在车窗玻璃上，如玉石碎裂。

司机三十多岁，是个驾车好手。她常年在这片滩地上往返，接送游客。她熟悉这片戈壁滩的脾性，就像熟悉这里的季候，把一辆桑塔纳轿车开得轻车熟路，左右逢源。她说："我闭着眼，也知道车行驶的方向，就像我用耳朵能听懂风的语言。"

车，在玉门关停了下来。

历史在这里凝固了，我宁可把玉门关想象成历史长河里的一个化石标本。那样，它或许会受到更多的保护，而不至像现在这样，孤零零的，耸立于戈壁滩狭长的沙石岗上，成为一个风化严重的土墩遗迹，与南边的盐碱地遥遥相望。

我近身，朝玉门关西、北两道门里瞅，梦想能发现几个两千年前的马蹄印，或者，一款从西域和田辗转塔里木盆地，经此门输入中原时遗失的美玉。但我再一次被自我的臆想弄得迷离和惶恐，我看到的是繁华落尽后的苍凉和寂灭。

人去了，门犹在。

无人通行之门，进出的只有风和岁月的影子。

玉门关前，不知是谁搁了把椅子，供游人留影之用。椅子旁立一石碑，上刻飘逸行书："黄河远上白云间，一片孤城万仞山。羌笛何须怨杨柳，春风不度玉门关。"

我和朋友摸摸那把椅子，都没敢坐上去。我们怕一坐上去，就会陷入历史，出不来。

四

绕玉门关西侧，驱车向南，直达阳关。

车上，司机为我们朗诵起王维的诗句："劝君更尽一杯酒，西出阳关无故人。"朋友赞其涵养深厚，格调高雅。女司机羞红着脸答道："不敢跟你们文化人比，浅薄得很，浅薄得很。"说完，她笑了。我和朋友也相视而笑，笑得很舒心。后来，我们才知道她是个诗歌爱好者，偷偷地写过不少的诗，但从未拿出去发表。她说："我写诗，不为发表，只为让枯燥的生活诗意一点，让平淡的人生美丽一点。"这回，该轮到我和朋友羞愧了。她的文学心态，以及价值取向，让我们这些成天与文学打交道的人，自愧弗如。

阳关博物馆，似一个方形四合院。院内植物，一半淡黄，一半浅绿，很有层次感。低垂的屋檐，遮挡了光线，加之游人稀少，把整个场馆衬托得寂寥。唯院中张骞骑马西行的浮雕，雄姿英发，气吞万里如虎。

博物馆右侧，开一大门，此门即是阳关关口。关口的那边，便是通往西域的方向。关口处，一中年男子，身披盔甲，腰佩长剑，假扮成古时戍卒模样，向游人发放"通关文牒"。其仪态威严，刚正不阿，却又憨态可掬。旁边，两个游人，宽衣解带，换上工作人员早已备好的官服，戏充汉武大帝和骠骑大将军。

看他俩高举令旗，指挥千军万马的英姿，真有做了帝王将相的豪迈与霸气。

出关，秋阳杲杲，长风烈烈。荒芜戈壁之上，一座残败烽燧当风而立，远远看去，仿佛短兵相接后，遗留在沙场上的一处伤疤。伤疤上，刻着热血男儿的壮志豪情，刻着寂寞心灵的思乡情怀，刻着生死之交的兄弟情谊，刻着楚楚动人的爱情传说……

烽燧之下，一条碑林长廊，逶迤如龙，横卧在丝绸之路的起始线上。碑石各具形状，上刻古今名人缅怀、凭吊"阳关遗址"的诗词。朋友啪啪按动相机快门，试图将碑石上的诗句悉数藏入相机，据为己有。对美的迷恋，使他们也成了美的化身。

伫立凉亭，极目天涯，丝绸之路尽收眼底。凝神中，我仿佛看见一列列驼队，沿着丝绸之路慢慢西行。西路上，玉佩当当，璎珞煌煌，羌笛悠悠，驼铃声声。上演着一幕千年前的繁华盛旅，那该是怎样一种文化与宗教的大繁荣、大融合呢？

一个老妪，牵着一匹枣红色马，来到我跟前问："骑马吗？"我有些胆怯。老妪大概识破了我的心思，她抚摸着马身说："别怕，只要你骑上它的背，就是它的主人，它会很温顺的。"我壮着胆爬上马背，老妪一拍马腿，那匹枣红色马绕着阳关奔跑起来。

西风古道，金戈铁马。我把自己想象成一个久经沙场、骁勇善战的将士，在战场上快意恩仇、血溅黄沙……

策马扬鞭中，我找到了自己精神的疆场。

五

清晨，薄雾缭绕，习习凉风中，莫高窟仿佛披了件袈裟。导游小姐说："早上人少，拜佛最宜清静，先生真会选时间，一看，便是懂佛之人。"我笑笑，不答。拜佛得有佛缘，尘缘易得，佛缘难求。况且，"缘"这东西，即使佛，也未必能完全参悟得透吧。

在栈道上行走，像在时光中穿行，有一种朝圣者的艰险与虔诚。每一个洞窟，都是一个佛的世界，深藏玄秘，开悟众生。在与时间的漫长对峙中，洞窟那斗形窟顶所彰显出来的，不只是建筑学和美学上的价值，更有来自宇宙与人生关系的象征。一幅幅精美的壁画，惟妙惟肖，其百态千姿，如流水行云，似静欲动。尤其是那超凡脱俗的"飞天"，舞弄清影，衣袂翩翩，不知是要挣脱浩荡时光的桎梏，飞向自由之美，还是要借助佛法，将永恒之美遍洒天地人间。

观赏莫高窟，堪称一场视觉的盛宴！

可惜，有一半的洞窟，铁门紧锁，未能向游客开放，充满神秘感。我走过时,总不忘朝门缝里看。但里面一片漆黑,什么也看不见。

看不见也好,人心何必那么贪呢?佛的真身,又岂是我等凡胎肉眼所能看得见的。

莫高窟门前,一排钻天杨,向天挺立。或许,它们也受到佛的感化,学会了悟道、参禅。面对时间,安静地生长着,与对面的佛一起,坚守着恒定的东西。

钻天杨下,一条河流,沿着属于它的方向,流向深远。

夕阳西下,晚风拂面,游客渐次散去。我斜靠在石桥栏杆上,凝神遐想。朋友趁我不备,举起相机,抓拍了一张照片。这次,我没有对拍照表示反感,反而萌生感动——为莫高窟,也为敦煌。

晚霞映照下的莫高窟,幽静而神秘。我们披一身霞光,悄悄离去,仿佛两个从梦境中走出的孩子。

红叶的舞者

一

第一次去巫山，这给了我无尽的神秘和遐想。

传说中的巫山是雄性的，且不说三峡的奇险与峭峻，长江的宏阔与湍急。单是那漫山遍野的红叶，就有一种惊心动魄的美。巫山，作为一个地域概念和一个文化象征，在我心境的天空里和思想的原野上，存活多年，却始终无缘与之接近。我只能处于仰望的姿态，在梦里，去勾勒它的容颜和身影，赞叹它的清高和圣洁。

巫山，是一个高贵的情人，诱惑我鼓足勇气，去抵达它，像抵达我灵魂的高度，爱情的尖顶，精神的内核……

秋阳从车窗外照进来，很安静，一如这个安静的季节。巫山是拒绝喧扰的,它是一个沉默的智者、修道的高僧。它只接待心境澄明的人。李白曾在它的江边濯足,杜甫曾在它的枕边聆听涛声,欧阳修曾在它的臂弯里放声歌唱,陆游曾在他的瞳仁里观察风云,元稹曾站在它的肩膀上眺望天穹……

古往今来,巫山曾使多少文化名人魂不守舍?它独有的诗性气质和朴实的大美,征服了一个又一个为艺术而狂躁不安的灵魂。

今天,我随同几十名作家、诗人,沿着历代骚人墨客的足迹,再次走进它,怀着朝圣的心情。我仿佛看到了李白、杜甫等人云游巫山时的情景。这个幻觉,让我获得了洒脱、豪迈的性情。莫非,我是受了他们的指引才来巫山的。这些古代的文化巨擘,是所有后来的文化人精神上的一盏明灯。而巫山无疑是这些文化人心灵的一处驿站,精神的一个港湾。

"曾经沧海难为水,除却巫山不是云""神女应无恙,当惊世界殊"……谁能说,这些脍炙人口、经久传诵的诗句,不是天性多情的文人们写给巫山的爱之赠言呢?这些赠言,不仅打动了巫山,也打动了千千万万因爱而生的人。

当然了,自古以来,所有的赠言就不只是献给爱情和大地的,还献给人生与梦想,社稷和苍生。那些古代文人,同我们一样,都是寻梦之人——梦里浓缩着对生命的叩问、人世的考量、终极的关怀。

巫山,是梦的载体。这一切叩问,似乎都能在它的静谧与坦荡中找到答案。

二

抵达巫山,已是夜晚。巫山的夜是湿润的,厚重中弥漫着淡淡的水汽。此时的巫山,已经熟睡了,我仿佛听见它的心跳声,随着水波暗动的节奏,洋溢楚楚动人的旋律。它的心跳,是有温度的。我感到这温度,热乎乎的,暖融融的,正在渗透我的肌肤。

我眼中的巫山,是水性的,有着流动的诗意和神韵。阳刚和巍峨,只是它的外表。我感受到的,是巫山骨子里的温情和寂寞。巫山的生命,与水、树、丘壑、夜莺、年轮、梦境,融为一体。我体会到的,是它被岁月所遮蔽、深隐起来的那一部分。

我们下榻的宾馆,依临江边。汽笛声从窗外传来,宛如一句句暌违已久的问候,饱含着岁月的秘密和沧桑。县城的街道上,灯火辉煌。广场上健身的市民,在充满时代气息的音乐声中,享受着生活馈赠的惬意和甜蜜——一群未被世俗纷扰的舞者的精灵。

如今的巫山县城,是后来新建的。原来的旧县城,早已在声势浩大的三峡大移民时,被滔滔江水淹没,像一段久远的往事,被记忆的手掌抚摸得风平浪静。可历史,又是一个发光体。它穿透时间的屏障所折射出来的幽光,会使一个原本消逝的事物,成为另一个永恒的经典或传说。譬如,过去的巫山,虽已被大浪淹没于江底,但它的另一种精神谱系和历史蓝本却浮出水面,成为巫山新的文化底蕴和象征。

我站在宾馆房间的窗口前,眺望夜幕下的巫山,我看到了巫山的灵魂,看到了巫山的前世与来世。

夜深了,时间将近零点,我回转身,上床,闭上眼,将思想也关闭上,安静地入睡。我怕巫山的灵魂会破梦而来,迫使我把自己的整个夜晚都交给它。

巫山的灵魂,也是美的,慑人的。

三

早晨的风,还带着寒意。我们匆匆吃完早点,便乘船出发了。导游小姐说:"我们今天的目的,是爬神女峰和赏红叶。"同行的人都显得兴奋。每个人,似乎都是一朵飘移的云,获得了飞翔的高度。也许是"神女"点燃了作家们心间那艺术的火种,诗人冉仲景独立船头,迎对长风,唱起了土家族山歌。歌声深情而陶醉,他的歌是专为"神女"而唱的吗?莫不是"神女"早已在他的歌声中，化作了艺术的音符吧。

一切"神性"的事物，都令人高山仰止，而生敬畏之心。游船在一通颠簸之后，终于在神女峰下靠岸。导游说："我几次带游客爬山，都未能到达山顶，每次都是爬至山腰，便遗憾而返。"导游的这番话，给好些人来了个下马威。以至于不少人只能躲在船舱内，做着虚幻的想象。倒是几位年近古稀的老诗人，来了劲头，非要挑战一下"老骥伏枥，志在千里"的雄心，与"神女"来一场刻骨的"幽会"。

阳光出来了，裹着一层透明的水。山上的灌木，叶子都已凋零。风从裸露的枝丫间穿过，连痕迹也没留下。时间在这里是迷茫的，看不清来路，也辨不清方向。仿佛那位屹立山巅的"神女"，守望千年，却不知道她等待的人究竟是谁？

或许，她所等待的，原本就不是一个具体的人，而是一种命运，一种传说的图腾。她的等待和坚守，不仅是为看清大地，也为触摸天空，更重要的是，看清自己。

每爬一段路，累了，我就坐下来歇一歇。我累的时候，我相信山也是累的。我的累，在身躯。山的累，在身躯之外，如历史一般厚重。

山，也是有思想的。山的思想，比人类的思想，更深，更远。

歇气的时候，一片树叶，羽毛般落在我的肩上。我扭头一看,是一枚红叶。我轻轻地将其托于掌心,细心赏玩一番后,放进了衣袋。我想带回家,做个纪念,或是做枚书签也好。

巫山的红叶,适合收藏。每一片叶子,都是"神女"遗失在山间的一枚信物。谁要是捡一片红叶回家,谁的身边就充满温情。

这样想着的时候,我发现,山间所有的红叶,都笑了。那种笑,是幸福的。太阳的金光,照在被风翻乱的叶片上,整座山都泛起星星点点的酡红,仿佛一千个、一万个"神女",喝醉了酒,在山间撒欢。

巫山不是红叶的故乡,但巫山的红叶,是任何地方都没有的。巫山的红叶是"神女"种下的相思树,每一片叶子,都是一次爱的燃烧。即使那些舞动的红叶,被爱的火焰燃完了,烧尽了,"神女"的爱也不会停止。她会将爱变成山下长江里的滚滚流水,为爱去流浪、漂泊。为了真爱,就不要怕把眼泪淌成一条大河。

整条长江都是"神女"的相思泪。

越往上爬,阳光越明亮,风也越急。我们在一步步接近山顶,"神女"的朦胧身影,也在我们的视线里越来越清晰。《红岩》杂志执行主编刘阳,是第一个爬上顶峰的人。看来,"神女"不仅对男性,对女性,也有着同等的诱惑力。老诗人华万里、万龙生,终于在大汗淋漓下,喘着粗气,爬上了峰顶。他们的成功，印证了神女峰的另一种神秘——倘若爬山的是一个年轻人，在到达山顶后，他所收获的，必定是一个老年人才有的阅历和智慧。反之，倘若爬山的是一个老年人，在到达山顶后，他所收获的，必定是一个年轻人才有的体魄和心态。

这是神女峰带给人们的生命哲学的启示。尽管，我们在山顶并没见到真正的"神女"，但站在山顶的每个人，又的确拜见了一个属于自己的"神女"，在心的深处。

从神女峰下来，我有一种重生的感觉。

四

巫山，是阅读不尽的；三峡，是阅读不尽的。只能靠想象，才能完成对它的印象或记忆。从巫山回来，我一直对它保持着一种绝望的爱，像对爱情保持着忠贞。尽管，我的爱是那样脆弱，那样渺小，但我到底感受到了爱的真谛——爱，是一种态度，一种坚守，一种信仰。

巫山恢复了我爱的能力。"神女"之所以为"神女"，在于她使众多的普通人，也受到了"神性"的沐浴和滋养，从而闪现出灵性的光芒，活得更加的自然和本真。

去一趟巫山，带回的不只一个"神女"，还带回一个世界。

巴南册页

东温泉镇

我喜欢有水的地方,有水的地方大多富有灵气。

东温泉不但有水,而且水还很旺,旺得都冒烟了,难怪有那么多人慕名而来。我去的时候,天气开始降温,空中飘着零星小雨。雨点落在河里,像河流交了桃花运。

大概是同行的朋友见我弱不禁风,怕冷感冒,建议我去旁边的"热洞"走走。此洞位于木耳峰南麓,行成于喀斯特槽谷地形,是亚洲唯一、世界三大热洞之一,被誉为"天然桑拿"。我有些好奇,便跟随友人兴致勃勃地钻入洞内。洞中狭窄幽深,热气扑面,白雾茫茫。我走了大概不到二十步,镜片就模糊不清了。加上热气上升,跟蒸馒头似的。我摘下眼镜,问朋友:

"你带辣椒和酱油了吗？"他说："干啥？"我说："你不早就想把我蒸熟吃了吗？"朋友笑笑，只好随我退出洞外。

人真不是什么洞都可以进的，要量力而行，千万别好奇。有些洞，一旦进去，就可能出不来。当然，洞房除外。

也许是朋友心里过不去，或担心我责怪他，想将功赎罪，便拉我去爬飞鹰峰。若要达到飞鹰峰顶，必得先从古佛洞内穿过。古佛洞与温泉广场隔河相望，为喀斯特地貌的石灰岩溶洞，全长两百余米。看来，这次来东温泉，无论如何与洞离不开了。所幸，古佛洞内住的是佛，正好可以清净我的六根，也算是缘分。

古佛洞的确很高，也很空旷，脚踏石而过，能听见回音。然名为"佛洞"，其实佛并不多，唯见一尊释迦牟尼佛，跌坐于崖洞上端，俯视尘寰。其余四壁皆空，连一个弟子也没有。虽不见弟子，却处处是弟子。只要你心中有佛，就是佛门子弟。

从古佛洞内穿过，我真有如受洗般的感觉。以至在爬山时，身轻脚稳，神清气爽。不多一会儿，就爬到了山顶。飞鹰峰是东温泉镇的制高点。站在峰顶远眺，全镇尽收眼底，如诗如画。尤其那一条弯曲的河流，像一条慈母的臂弯，环抱着整个镇子。有母亲护着的孩子，都是有福的。

自飞鹰峰下来，天近迟暮。加之雨雾天气，天就黑得更早。驱车回酒店吃饭，饭毕，我躺在床上看电视；朋友却在走廊上踱来踱去，不愿回房间。原来，他在看墙上挂着的画，画上全是些裸体模特在温泉沐浴时的写真照。

不大一会儿，朋友开始砸我房间的门，他说："到东温泉，不去泡一泡，等于外地人到四川没吃回锅肉一样。"而且，他还故意诡异地笑了笑说："有美女哟！"我不喜欢泡温泉，其主要原因，是身板太瘦，脱光衣服，尽是排骨。怕那些崇尚雄壮彪悍美的人笑话。但在朋友的百般怂恿下，我还是去了。不然，朋友更会讥笑我"白天不懂夜的黑"。在对待异性和同性的评价方面，我更看重来自同性的态度。

温泉果然好，跟黑夜一样迷人。人在水中，宛如麦子在麦田。舒适的水温，不但能让你消除疲劳，还能舒筋活血，促进新陈代谢。我们去时，水池里已经有不少人，男女各半。年轻点的，就互相打水嬉戏；年老点的，都躲在朦胧旮旯处说悄悄话。朋友见状，像一条刚刚成年的鱼，东一游荡，西一游荡，试图引起异性的注意。但很可怜，没有任何人理他。可越没人理，他却游得越欢。游着游着，就游成自娱自乐了。

我怕朋友游累了，劝他回去。他不肯，说非要游到天亮。

我只好自己起身走了。朋友见我要回房，立刻从水里爬上岸说："等等我啊。"我翻转身，一掌将他推了下去，说："水温不冷却，不许上岸。"

朋友挣扎几下，就被夜色淹没了。

丰盛古镇

镇由几条街组成，像伸开的五指。其中有三根指头长满了老茧，剩下的两根，一根戴着银戒指，一根戴着铜戒指。戒指虽不值钱，但有价值，是祖上传下来的，这就多了一份文化含量。它不像有的古镇，虽也梳妆打扮，穿金戴银，但缺乏人文内涵。看似满镇尽带黄金甲，实则片片秋叶落地面，没啥看头。

镇上还住着许多原住民。从街上走过，能看到随处晾晒的衣服。风一吹，衣服随风摇摆，很有生活趣味。街道两边，摆满了各种摊位，卖黄豆的、卖鸡蛋的、卖背篓的、卖挂面的……平凡的人，平凡的景，人间烟火处处可见。其中，有一家酿酒厂，酒香飘满整条小巷。我闻香而入，见两个工人正在赤膊翻动酒糟。我站在旁边，静静地看着，他们动作娴熟，颇富节奏感和美感。看酿造工投入忘我的样子，不喝酒的我也是醉了。这让我想起写作之事，即使你再有阅历和天赋，也需要经过心灵的发酵，才能创作出妙品佳构。就像酒是由粮食酿造的，但粮食本身却不是酒。

从酒坊出来，天色微暗，街道两边的茶馆里，坐满了喝茶的人。看穿着，茶客多是本地农民，他们赶集后，又不想早早回家，索性溜进去喝茶解乏，寒暄摆龙门阵，这也是生活的一种形态。讲究点的,还会要上一碟花生米,二两烧酒,坐上一个上午或下午。人能如此优哉游哉地活一辈子,似乎也挺好。

街道尽头,有一个老人,坐在板凳上编篾活。他屋子的墙壁上,挂满了各种篾编物什。这些东西,都是当地老百姓生活中的常用之物。我蹲下来,拍了几张照片。老人见状,干脆把帽子摘下,正脸对着我的镜头。我问:"你干这活儿多长时间了?"他说:"干了一辈子。"我说:"你编的东西很漂亮,很美。"他说:"美谈不上,但实用。不实用,光美有啥意思。"我立起身,笑了笑。我明白又遇上了一位"生活哲学家"。

高手总是在民间,这话不假。这位手艺人,让我想起前不久在贵阳访问过的一个唱地戏的老人。老人不识字,却精通地方戏曲。一次,据说有两个自称从北京来的戏曲专家路过贵阳,让老人表演地戏。老人为人谦逊,想就教于方家,便唱了一段。谁知,那两个专家却讥讽老人的唱法为民间杂耍,登不得大雅之堂。老人也不服输,就出了一个戏剧问题,请专家解答。专家磨叽半天,说了一句:"不好意思,我们还没研究到这个地步来。"老人笑笑,转身离去。

后来,中央电视台下来采访老人,并邀请他到北京做地戏专题讲座。老人去了,很受欢迎,讲堂内座无虚席。讲座结束时,听众纷纷要求老人签名。老人怕写字出丑,暴露自己是文盲。就故意装耳朵聋,坐在讲台上不动,说没听清听众说的什么。见时间差不多了，他才从讲台上下来。听众一拥而上，拿着纸和笔让老人签名。老人却灵机一动，淡定且很有风度地两手一摊说："呵，签名啊，你们看，没时间了嘛。"说完，闪身溜走了。

这就叫生存智慧，书本上没教，全靠机敏和悟性。

一个人哪怕学问再好，知识再丰富，倘若脱离了生活，就只是个"书呆子"而已。这样的人，老百姓是看不起的。

从老人的篾编店出来，我抬头看见他家的门楣上，挂着一块匾额。上书：做人应当学竹编，编织幸福送人间。

我默默地记下了这两句话。因为，我知道，这话不只是留给竹编者的后世子孙的，也同样警示给像我这样以文字立身的人。

绿地毯上的石柱

一

阳光躲在云层后面,像一个怕羞的乡村姑娘。时间静下来,空气能拧得出水。蝉在森林里高一声低一声地叫,叫得那样动情,那样柔软,那样浪漫,有着缱绻的柔肠和百转千回的妩媚。

石柱是喧嚣城市之外的天堂,更是净化欲望、过滤杂念的圣地。那么,生活在这片土地上的人们是有福的。如果你是一个心藏大爱的人,就一定会被石柱所感动——它的一草一木,一山一水,小伙子的坦率,大姑娘的热情……你的心一定会触碰到人世间最柔软的部位,像拨动你心尖上最敏感的那根琴弦。然后,坐在一块山石上,或者,蹲在一条溪流边,冥想,把平时想不明白的事情想明白,把过去没有弄懂的生活想通透。

想着想着，你的眸子里便含满了泪水——那是土家族姑娘的烈酒，将你的心，抑或将你的灵魂，烧出了蜜。

二

来到石柱，我终于相信了，草场也是有高度的。就像风，也有思想。它从远处吹来，低头轻轻一吻，就掠走了草的体香。地上所有的草，都是风的情人。

唯有石柱的草，是鄙视风的。它讨厌风的轻薄，讨厌风的傲慢，讨厌风伪装出来的绅士风度。石柱的草场是一座山的形状，山间遍布的石头，是它思想的刀锋。只要有风刮过，那些草就会齐心协力，抓住风的衣襟，拽住风的胳膊，借助锋利的石头，把它的皮割下来——喂牛。

牛在吃草的时候，实际上也在被风滋养。风吹，草长，牛也长，膘肥体壮。

成群的牛在草场周围撒欢。夕阳照在它们身上，一片金黄。每一头牛，都是草场上的精灵。这些牛，是懂得感恩的。知道是青草喂养了它们，它们在吃草的时候，都很小心，吃得很斯文，生怕咬疼了草似的。有几头牛犊，钻进妈妈的胯下，吮吸着乳汁。母牛扭转头，一直盯着自己的孩子，眼里满是怜爱。

我被眼前的一幕深深打动。同行的姑娘说，给我和牛合张影吧，我最喜欢牛了。就在按下相机快门的那一刻，我的心再一次被打动——为一个姑娘和一头牛。其实，牛和人的情感，何其相似。

低下头是生存，抬起头是人间。

在石柱这个叫作"千野草场"的地方，我看到了牛和人的灵魂同样高贵。

善良无处不在，美无处不在。

午休时，躺在宾馆的床上，我很快睡着了。梦里，我自己也变成了一头牛。满地的青草，都是我脸上的胡须。

三

下午，突然下起雨来。雨滴挂在树尖上，晶莹、透明。潇潇雨斜，满地新绿。四周弥散出一缕怀旧幽情来。我只身钻进树林中，天籁之音萦绕于耳，令人幻觉丛生。闭上眼，仿佛回到了童年。有数不清的自然舞者，在你的大脑屏上跳动，全身骨节蹿长，似要生出翅膀来，振翩翩飞，朝着你梦想的方向。

石柱的日平均气温，要比主城区重庆低四五摄氏度，适合来此消夏、避暑。重要的是，这里盛产黄连。从医学的角度讲，黄连具有清热解暑、滋肝润肺的功效。早晨或者午后，坐在某个公园的凉亭里，或某个树林里的石桌上，泡上一杯黄连茶，你的生活便多了滋味。苦中作乐，不也是人生的一种常态和境界吗？从人文的角度来说，黄连又是一种精神的象征。其味苦，性甘，与大地联系得最为紧密，朴实，耐寒。看似卑贱，却是治疗伤痛、疾病的良药，具有本土性、民间性。

野菌子是石柱的又一大珍宝。夏雨过后，各种野菌子像情窦初开的农家少女，羞答答地从地表下探出头，寻找如意郎君。也许是含蓄和腼腆吧，它们还有所顾及，情感放不开，各各撑开一把小伞，把自己罩住，神秘兮兮的样子，娇嫩可人。要是戴望舒还在，见到此景，会不会也把这些小可爱幻想成一个个撑着油纸伞，结着丁香一般愁怨的姑娘呢？

真就有提着竹篮子的小男孩，三三两两，在树林中穿梭，有说有笑，采蘑菇。他们率真，活泼，涉世不深，充满童趣。这样的男孩子，那些撑着小伞的"姑娘"是喜欢的。任他们采，任他们摘，能给自己找到一个好的归宿，何乐而不为呢！小男孩不知是被"姑娘"的美感动了呢，还是被她的纯真所吸引，竟然也学成人样，变得贪婪起来，不停地朝竹篮里放菌子。不一会儿，篮子满了，男孩的手还没停。"姑娘"们生气了，从竹篮里逃了出来，不小心摔到了地上。男孩伸手将她们捡起来，掸去泥土，放在嘴边，亲了一口。"姑娘"的脸，刷地一下鲜润了，水淋淋的。男孩们的心里，瞬间漾起一丝幸福感。

晚上,朋友安排我们吃"菌子火锅"。各种菌子,叫得上名的,叫不上名的,一应俱全,天然新鲜,入口细嫩,滑而不腻,让我们这群在大都市里平时吃惯了大鱼大肉的人,有些欣喜若狂。敞开肚子吃,麻起胆子喝,仿佛一群回归山野的动物,吃最简单的食物,获得最珍贵的营养。

四

入夜,天幕上垂下一层薄纱。夜更轻了,水一样柔滑。

篝火燃起来了,通红的火光照在每个人脸上,醉意蒙眬。能歌善舞的土家族姑娘,手拉手,扯成一个圆环,跳起摆手舞。动作舒展,似流水行云。原汁原味的"啰儿调"唱起来了,一首《太阳出来喜洋洋》,唱得在场的每个人热血沸腾,激情澎湃。所有的灵魂,都躁动不安;所有的梦,都苏醒过来。一时间,年老的、年幼的,都加入舞蹈的队伍,一起扭动身体。不管动作是否娴熟、准确,要的就是这种快感。这是民间艺术的魅力。肢体与肢体的碰撞,心灵与心灵的融合。原生态的文化,才真正是艺术的精粹。那堆熊熊燃烧的篝火,是艺术的宗教。四溅的火星,便是光芒耀眼的艺术火种。

烤羊肉的香味,醇厚,浓烈;野梨子酒的芳香,甘甜,清冽。一个个土家族姑娘,高举酒盏,来到你的面前,送上真诚的问候和祝福，那脸上的笑容呵，那美呵，足以将你陶醉。熊熊柴火，人面桃花；莺歌燕舞，一帘幽梦。忽然间，我进入了冥想的时刻。在这个多情的夜晚，一定有些男性睡不着觉，也一定有些女性觉睡不着。这些失眠的男女，应该都是辣椒变的吧！石柱遍地都是辣椒，青的青，红的红，辣得你汗珠珠冒，辣得你心尖尖痛。其实，石柱的辣椒，原本都是青的。自从帅气的土家族小伙俯下身子，给了它们一个深情的吻后，所有的辣椒都变红了。

变红的辣椒，有个雅致而高贵的名字："石柱红"。

仙境之城

奉节是上帝遗落在重庆东部的一处仙境。

两千三百多年前,它就安静地待在时间的刻度上,看日升日落,云卷云舒。假如你要去三峡揽胜,那奉节将会是你的必游之地。它是三峡之中的三峡,是水和山交相辉映出来的人间美景。船从奉节的水上走过,仿佛光阴从镜面上流过。在这块由水生成的天然的镜面上,既印着奉节的脐橙与夔柚、红叶与流岚,也印着奉节的山川与白云、人文与风情。而在水面之上,那险峻的山崖高耸入云。山是凝固的水,水是液态的山。山使奉节有了一种高度,这高度,使你只能仰望和赞叹。如果说见到奉节的水你有做一条鱼的渴望的话,那见到奉节的山一定会有做一只鸟的渴望。鱼在水里游弋,鸟在山巅飞翔。鱼游出了水的花纹,鸟飞出了山的形状。在对鱼和鸟的神往中,或许你的心灵早已抵达了诗和远方。

夔门是奉节的第一大奇观，它巍峨、瑰丽，是大自然雕刻出来的杰作。"白盐山"和"赤甲山"是夔门的一对翅膀，若乘船经过夔门，你会感觉自己仿佛骑在一条飞鱼上。只要江风一吹，船身漾动，便会生出骑鸟翱翔的幻觉。如果天清气朗，阳光从苍穹照射下来，两山的景色更是如梦如幻。白盐山被太阳镀了银，赤甲山被太阳描了红。这时候，你的心情也会一片灿烂，变得宁静而吉祥。这是在大漠戈壁体会不到的，在草原荒野体会不到的。夔门是奉节的夔门，也是中国的夔门，更是心灵的夔门。

小寨天坑是奉节的一个时光漏斗，也是一只天的眼睛。那些葳蕤的绿色植被，便是眼睛的睫毛。光照从睫毛上滑过，雨水从睫毛上滑过，使得这只天眼十分灵气。它永远那样睁着，看四季更迭，万物枯荣。它看到了落日的衰老，又看到了朝阳的年轻。

天井峡是奉节的一条时光线索。顺着这条线索，你可以穿越时空，回到过往，回到你的脚步和记忆到达不了的时代。这条"V"字形的大裂缝，是世界上最长的地缝。谁要是从地缝里走过，谁便赢得了时间，见证了永恒。

龙桥河是奉节的一根时光丝带。这根丝带不是丝绸做的，而是水做的。水从地下涌出，形成一条暗河。这条暗河本来是不想露面的，它不需要见到阳光，它那清脆的流水声就是它的阳光。但水在地下流久了，也想钻出来看看地上的风景。谁知，水刚冒出头，就看到了天然的龙桥。水兴奋了，索性脱掉自己被长久打湿的衣裳，赤裸裸地把自己暴露在光天化日之下。水的清澈便是水的无邪。

瞿塘峡是奉节的一条时光长廊。在这条长廊里，既有繁复之美，也有极简之美。繁复是指它的历史和人文，极简是指它的自然和山河。而坐落在瞿塘峡西口的白帝城，无疑是奉节的一张人文名片。我们且不说它的自然环境是如何的耀眼夺目，单是它那厚重的历史文脉就足够令人叹服。只要你的脚一踏进白帝城的大门，你便被岁月包裹了，你的头上似乎全都落满了历史的尘埃。西汉末年和三国时期的金戈铁马复活了，历史的景象在你的大脑屏上像放电影一样上演，让人感叹，让人沉思。顺着大门朝里走，明良殿、武侯祠、观星亭等建筑一一呈现，给人一种古朴典雅、庄严肃穆的气象。这些明清建筑充满了沧桑感，有被光阴浸染和洗涤之后的简朴，好似每一根柱子上都刻有一道历史留下的痕迹和皱纹。尤其唐宋以来，历代的文人墨客，如李白、杜甫、白居易、陆游等在此留下了大量脍炙人口的诗篇，更是使白帝城名声大噪，也使奉节成为名副其实的历史之城、人文之城、诗歌之城。

沁源秋色

北方的秋景是苍凉的。

抵达沁源的那个下午,我独自在空旷的小城边沿走了一圈,金黄的银杏叶铺满了路面,光裸的树枝指向苍穹。我弯腰拾起一枚叶子,能看到叶片灿烂之后的凋零之美。路边少有行人,只有一个扫街的大妈被秋风裹着在向前移动。那一堆堆被她扫拢的树叶,是季节掉下的鳞片。我从她身旁走过,能感觉到有秋的寒意袭来。我回转身,朝宾馆的方向走,我试图把寒冷挡在房门之外。然而,寒冷还是尾随我跟了进来,它在我住的房间里打了个旋,就钻进了被窝。风在外面刮久了,也想找个暖和的地方焐一焐。

当天晚上,我便跟沁源的风有了一场幽会。在梦中,我梦见自己手里牵着一只风筝,在红枫遍野的山脊上奔跑。我跑得

沁源秋色

越快，风筝飞得越高。飞着飞着，那风筝就变成了天空上的太阳。而我呢，却变成了山脊上的一棵树，在对着太阳微笑或祈祷。

我无法解释这个梦的含义，就像我无法解释沁源的秋色。

带着种种疑惑，翌日上午，我去灵空山朝圣。阳光很好，有种毛茸茸的感觉。一路上隔着车窗玻璃，我都在感受光线的变化——秋阳真是个天然的调色大师，它的色彩柔和中有明艳，冷寂中有暗黄。它随意将调好的色彩泼洒在旷野上、草垛上、树和花朵上，形成一幅幅生动的写意画。谁从画幅里穿过，谁就是被艺术化了的人，或者说被艺术改造过了的人。

灵空山十分静谧，透着禅意。沿着坚石铺砌的幽径朝里走，越走越觉得别有洞天。尤其那些参天大树，一棵挨着一棵，被岁月喂养得枝繁叶茂。笔直的树干隐藏了年轮的密码，沧桑的树皮斑驳了隔代的光阴。作为南方人，我是喜欢北方树种的。我喜欢北方的树的挺拔、葳蕤、不蔓不枝，以及那种苍劲和孤寂之感。有那么几次，我曾独自坐着火车，从南方去往北方，其目的单是为了看看北方的树，和树上硕大的鸟巢。我这一行为曾遭到不少身边朋友的讥笑，同时我又从朋友的讥笑声中窥到了人活着的浅薄。

我在灵空山的树林里漫步，听风吹树响。阳光从树叶的缝隙间投射到地面上，有一种朦胧之意。树底下的落叶积了厚厚的一层，全都干枯了。脚踩在上面，发出清脆的声响。我不知道这声音是落叶在呓语呢,还是在喊疼。也许,都不是吧,它们是在呼唤下一个春天的到来吗?

我在一棵树下坐定,背靠在树上,我似乎也成了一棵树。我闭上眼,把耳朵贴近树干,我聆听到了从树的身体内发出的天籁之音——有早晨水珠滚落树叶的声音,有中午阳光抚摸树冠的沙沙声,有傍晚飞鸟投林时的婉转声……听着听着,我差点睡着了。要不是树林左侧一只啄食野果的鸟雀惊醒了我,我怕是要睡到太阳偏西的。那只鸟叫什么名字,我不知道。它长得很漂亮,长长的尾羽载着秋风的潇洒。它啄食的野果我也不知道叫啥名字,红红的,跟它的眼珠般大小。在大自然中,我是个最为无知的人。我站起身,想离它近一点。不料,它却受到惊吓,倏地向丛林的更深处飞去了。看着鸟飞逝的身影,我感到深深的自责,我应该向被我打扰的这只鸟雀道歉。

树林右侧,藏着一座古寺,拾级而上,"圣寿寺"三字赫然入目。寺内无人,只有阳光和风,终年躲在里面修行。这座寺庙跟别处的寺庙不同,它的建筑是中西合璧式的,一律的红墙黛瓦。大概是年代久了,红漆有些剥落,佛法也难以挽留住时间对事物的腐蚀。我自知是个六根未净之人,没有走进正殿里面去。我站在殿门外,见殿内青烟袅袅,一派庄严。这时,寺庙的屋脊上,不知从何处跑来一只猕猴。它从高处俯瞰着寺内的一切,很镇定,很威严,似一只得道的灵猴。我双手合十,它也将两只前掌合拢。然后，转身离去。寺庙背后的山上，树木苍翠，万物静好。

离开灵空山时，路的两旁又出现了数只大小不等的猕猴，它们在树林间的藤蔓上练习空翻。唯有一只老猴子，蹲在路基上一动不动——它是在以打坐的方式恭送我这个来自红尘又回归红尘的人。

下午的秋阳柔和了一些。怀着对沁源秋色的憧憬，我顺着沁河去寻觅它的源头。进山的路太狭窄了，坑坑洼洼，极不好走。车跳着舞蹈在弯曲的路面上行驶，时快时慢，时走时停。好在沿途景色迷人，阳光照在枯黄的秋草上，像上天给整座山脉镶嵌了黄金。山上的草极浅，间杂有绽放的野棉花，远远看去，又像是黄金上面点缀了无数亮闪闪的白银。

山脚下，有一条小溪流。潺潺的流水声在山谷里鸣响，像是秋季摇响的铃铛。我很想去溪流边掬一捧水，但又怕被水所伤。要知道，这里的水，即使在夏天，也在零下好几度呢。水以它的寒冷保鲜了它的水质。

大约一小时之后，我总算到达了沁河的源头。两边山崖壁立，像是被巨斧劈开的一条缝。那沁河之水就是从左面的崖底流出来的。出水口其实并不太大，但水势滔滔，源源不绝。这水来自地心深处，来自我们看不见的地方。

绕过出水口继续朝前走，是一片裸露的河滩。上面乱石密布，杂树丛生，宛如一个世外桃源，越往里走，寒气越重。阳光照不到的地方，形成大面积的阴影。只有山巅的右侧，方可见到一抹金色。我很想就那么不停地朝前走着，彻彻底底地把自己放逐一次。我要走出自己内心的暗影，去寻找属于自己的阳光。然而，我又到底怕把自己走丢了，无法返回人间。沁源的秋天是极为诱人的，他总是让人生出幻觉。

不能再朝前走了，我这样默默地提醒自己，开始往回走。既然已经找到了沁河的源头，我又何必再去寻找源头的源头呢。真正的源头是找不到的，谁能告诉我，秋的源头在哪里？人生的源头在哪里？时间的源头在哪里呢？

所有的源头，都不过是梦的方向。寻找源头的过程，也即释梦的过程。这个梦源，既在远方，也在我们的心中。

城口的雪 城口的夜

没见到雪，已经很多年了。有时想想，便生出几分失落。我对雪花是充满着憧憬和向往的，就像我对洁白和诗意充满着向往。

不想，却在城口见到了雪，这多少给了我几许慰藉和兴奋。

平生从未去过城口，这是第一次。城口是重庆最为偏远的一个县城，从市区坐五个小时的火车到万源后，还得转乘四个小时的汽车，才能到达县城。寂寞的旅途，给了我寂寞的时间。躺在火车上，从背包里拿出随身携带的一本书翻了翻，不料，却在困顿中熟睡了。醒来，已是薄雾缭绕。从万源火车站出来，天阴沉沉的，像要下雨，同行的人都纷纷从箱子里翻出外衣披上，又匆匆钻进了汽车，向城口方向进发。

山道弯弯，柏油公路像一条蛇，在丛林山峰中盘来绕去。

车窗外,两边皆山,山脉错落,绵延无际。抬头望,只见山巅云来云往,幻变出各种形状,似狼、似虎、似豹、似熊……万千生灵,均似从天宫逃出,来到人间,给这僻静、幽深的山谷,增添了一缕灵气。全车的人都肃静了,转眼看窗外,回眸思内心。

到达城口县城,夜已经深了。次第亮起的灯火,多少驱除了沾在我们身上的寒气。吃罢饭,回到宾馆,躺在床上,把自己裹紧。外面淅淅沥沥下起了小雨,夜安静极了,关掉灯,关上自己的情绪。就这样,安安静静地把自己放进了城口的怀抱,城口的梦里。

翌日,早起,冷,全身哆嗦得不行。幸好接待我们的同志准备有军大衣,不然,我们恐怕就会被城口"冷藏"起来了。导游说:"穿厚点,山上还要冷。"她说的山上,指的是黄安坝,城口海拔最高的山峰,也是城口县内最为著名的景点之一。"可能会遇上雪。"导游又补充了一句。大家听导游这么说,都议论纷纷,七嘴八舌地开始讨论起雪来。雪给这群久居都市的人,带来了心灵的刺激和情感的触动。

上山的路极不好走,汽车一路颠簸,全车的人的心都变得紧张起来。那条路应该是新修建的,还未铺炒砂,路面碎石散布,凹凸不平。车子每拐一个弯,车内的气氛都会凝固好一阵。幸好一路上风光秀丽,转移了大家的注意力,才使得一颗颗悬着的心稍稍放松了些。

山上最好看的是树和树叶。各种树盘根错节,枝叶扶疏,大小各异,高矮相衬。每种树的叶子,颜色都不尽相同,黄的、红的、绿的、紫的、青的……组成一个颜色的王国。每一种颜色的树,都是这个王国里一个艳丽的公主,在展示她的亭亭玉立,婀娜多姿。一路上,大家都掏出相机,啪啪按动快门,恨不能把这些满山撒欢的"公主",都收藏进自己的相机,带回家去,不,藏进自己的心里。

终于到了黄安坝,一下车,野风猎猎,刀子一样割着我们脸上的肉。人人都竖起了衣领,想抵挡风的入侵,可那纯粹是妄想。风是这座山上的"保卫队",谁叫我们都那么贪呢,不但不知羞耻地偷窥了它家"公主"的容貌,还掠走了人家的美丽和青春。既然如此,那风是不能不给我们点惩罚的。否则,我们越贪婪,越心安理得。

站在黄安坝上,视野一下子开阔了。真的是站得高,看得远。远山近水,尽收眼底,让人看到了谦逊,想到了包容。当然,也让人想到了"高处不胜寒"。

当天夜晚,为欢迎我们的到来,黄安坝景区专门举行了一场篝火晚会,不少同志都唱歌去了,围着篝火,载歌载舞。人醉了,山醉了,夜也醉了。

晚会结束,大家都带着醉意,进了房间。可只有我,独自一人站在草坪上。在黑暗中,我看不清自己。但我分明在等待,我在等待着一场雪。我渴望有一场雪,来洗礼我的人生。

遗憾的是,我的期许,并没有得到实现。我不得不带着失望睡去。

但惊喜到底还是来了。

天亮起床,我拉开窗帘一看,地上白茫茫一片,远山的树枝上裹满了雾凇,路边的野草上也挂着冰凌。我的心一下子激动起来,兔子一样窜出了房门,来到雪地里,抓起一把雪,向空中扔去。这时,更多的人也发现下雪了,纷纷跑出房间,在雪地里跳、笑、惊呼、撒野。整个天地,冰清玉洁,晶莹剔透。

下过雪后的山,更可爱了,多了一层薄霜。树叶经雪一冻,更加的亮丽。每棵树上都像披了一条洁白的哈达,有点禅的意味。

一场雪,使城口充满了生机。

从山上坐车回县城,雪花仍在飘飘洒洒。车走一段路,又停下。车一停下,人们就赶紧跑下车,抓紧时间拍照。好像稍一停留,雪就化成水,流走了。果不其然,越往山下走,雪下得越小,直到后来,雪花就不见了,只剩了细密的雨线,在空中斜飞。

雪是只能生在高处,因为圣洁原本在高处。

喧嚣之地留不住雪，所以喧嚣之地也留不住诗意。

走在城口县城的街道上，心里仍在想念雪，便约了同行的小薇出去走走。小薇是城市里长大的姑娘，很少见过下雪。她说，雪给了她了美好和想象，给了她生命中从来没有体验过的感觉。她说这话的时候，很天真。我看着她，像看着一位天使。

城口县城不大，房屋也很陈旧，就是闭着眼，你大概也能找到它的方向。我们沿着城中的两条街巷慢慢走着，感受着这座小城的体温。街两旁的不少店铺都关了门，路灯鹅黄，照着湿湿的街道，我们像走在一幅简笔画里。当不少的人都在学会追赶快节奏的生活时，城口正在以它自己的生活方式过一种慢的生活。其实，慢又何尝不是一种快呢。

小薇说，城口其实很美。

我说，城口其实很富有。

我和小薇都没有说错，城口的冬天来得早，春天自然也该来得早的。

百里竹海的风

太阳隐去,只有风,从竹海之门穿过。

风来自哪里,没有人知道。我只看见,凡是被风吹拂过的地方,翠竹都在集体弯腰。它们是在向风致敬吗?

越是挺拔和高洁的竹子,越有谦卑和柔韧的品性。

我站在竹海的东大门眺望,感觉自己也成了一棵竹。只是我没有竹子长得高,我太矮了,风吹不到我,它只能吹在替我挡风的竹子上。

竹子懂得保护比它弱小的事物。

那天的风吹得实在是猛烈,它抱着竹子的头拼命地摇晃,试图将竹连根拔起。可那些竹子挣扎着,一棵挨着一棵,牢牢地抱成团,任凭凶悍的风怎么吹刮,它们都咬住青山不放松。我抬起头,看到风把竹子的骨节越拉越长,似乎都快接近苍穹了,但就是不断裂。

竹子知道,它们要用骨节支撑起整个天空,也要用骨节连接起一条返回大地和故乡的路。

那一刻,我好恨那场风啊。我很想用一根粗粗的绳子,将风捆起来,扔进竹丰湖里喂鱼。或将风揉碎,敷在水面上,给竹丰湖当面膜,让这强悍的风也能体会到别样的美好。

可风不会听我的话,我奈何不了它。它仍在跟竹子撕扯、扭打,从这片竹林刮向那片竹林。有几只不知名的鸟雀惊飞而起,被卷入风的漩涡之中,发出凄厉的长鸣。但他们仍在突围,不停地扇动翅膀——因为它们的巢还筑在竹林深处呢。

我围着天星塘的竹林慢慢地转动,像转经一样。我相信再狂的风也有过去的时候。我用手抚摸竹身,我发觉竹子在瑟瑟发抖。那些竹子可真瘦啊,每一根都像是从我的身体里逃跑的肋骨。

瞬间,我感到不是竹子在发抖,而是我的身体在发抖。那正在与风搏斗的,也不是竹子,而是我自己。

我跟百里竹海一样,遭遇了一场大风的袭击。

然而,谁没遭遇过风暴呢?倘若风暴来了,躲是躲不过去的。唯有像这些顽强的竹子一样,勇敢地面对和抗争就是了。

你看,那竹海丛中,不是已经有万千的竹笋冒出了头吗?它们比老竹长得更高更壮,也更结实。

我正遐想间,大风已被新篁的尖刺给吓跑了。百里竹海重又恢复了平静,远远看去,只有一片绿色,环抱着一个"寿竹之乡"。

去信丰赶秋

一

深夜的赣州黄金机场,阒寂无人。我独自坐在街边一盏昏暗的路灯下,像一个等待接机的人。我等了许久,感觉等了一个月,或是一年,都没有等到我要接的人出现。那个人长什么样子,是男是女,是胖是瘦,我一概不知。他既不是我的亲人,也不是我的朋友。但我必须等他,像一个流浪汉等待他假想中的情人。这是命运的安排,我挣脱不了。路灯的光线把我的影子拖得很长,仿佛午夜里的一个回忆。我忽然感觉到孤单和难熬,我不知道自己的等待和守候是否有意义。也许我要等的人永远不会到来,也许他早就到来与我的影子重叠在了一起。倘若是后一种情况,那我即使再等十年,也找不着他,找着了,也不认识。

二

从赣州到信丰的距离有多远,我不清楚,就像从爱到恨的距离有多远,我也不清楚一样。但我知道,这中间至少隔着一个秋天。信丰的夜晚是熟睡的月亮。我从旅馆的窗户探出头,我看见月亮正在做梦。月亮的梦里,荡漾着一只小船。小船上坐着一个姑娘,那姑娘有个好听的名字——"信丰"。

三

去大圣寺广场转塔。我每转一层,塔就多一层皱纹。皱纹是塔的遗产。我顺着皱纹一直朝上爬,我想寻找皱纹的源头。可我都爬到顶层了,依然没有找到。那每一条皱纹,都指向时间的尽头。我很失望,我怕迷失在时间的宫殿里出不来,只好一层一层朝下走。越朝下走,我越迷茫。我的迷茫是北宋年间供奉在塔前的一盏孤灯。

四

脐橙是挂在信丰旷野上的一盏盏小灯笼。我去的时候,是白天,季节把灯笼都藏了起来。它不想让我看到灯笼的样子。季节知道,像我这样的人,即使将所有的灯笼都替我点燃,我也未必会珍惜光阴。我是个靠文字活着的人,而文字往往是靠不住的。我仅有的一点点才华,都浪费在了我所制造出来的文字里。我站在信丰的脐橙种植基地上,我想看一看那些能够带给大地光明的事物。可季节把脐橙都藏了起来——它莫非是在以这种方式提醒我,我写出的那些纸上的汉字,本就是照亮自己心空的一盏盏小灯笼吗?

五

田垄村有一片荷田,荷叶大都枯萎了,只有几朵荷花还盛开着。这几朵荷花,是秋天最后的孩子。它们伸出粉红色的头,望着母亲离去的方向,依依不舍。其中一朵个大的,不知是姐姐还是哥哥,喊了一声母亲,红肚兜就掉了下来。那一刻,我明白了有一种成长叫作"离别"。

六

去山顶观看信丰县城全貌。公路曲曲弯弯，像一条缩水的飘带。车在飘带上滑行，宛如流水在时光中回溯。从高处看信丰，信丰处在一个凹地里。四面的山峦，既是它的栅栏，也是它的裙裾。我喜欢这种地方，有故园感的地方。那一瞬，我很想在信丰扎根下来，成为山顶某棵树上的一枚果实。只要微风一吹，我就能触碰到阳光和月光，触碰到记忆和乡愁。

七

傍晚的夕阳穿着红肚兜。我跟一个名叫曾清生的人头戴草帽，慢慢地踱步。曾清生是他的本名，他现在的名字叫江子。江子既是他的笔名，也是他的法号。他大半生都躲在文字里修行，又无时无刻不在红尘中"寻花问柳"，把自己搞得像是一个还俗的高僧。我们并肩走在信丰县城的湿地公园里。我们都没有说一句话。那些参天古树是一个又一个绿太阳。我们走在时间之外。我们走在傍晚的夕阳中。我们都头戴草帽。我们都身披袈裟。我们是两个苦行僧。我们正走在信丰秋日的路上。

王家坝之夏

那一日，去万盛。

那一日，去万盛王家坝。

时令已是初夏，天光亮得没有杂质。极目四望，万物生机勃发。有一种力，在天地间游走，我看不见它，却能感觉到。或许是受了这股力的牵引，不知不觉间，我乘坐的车便停在了王家坝的地盘上。

推开车门，阳光便与我来了个拥抱。我抬头望天，白云依旧很白，蓝天依旧很蓝。有几只鸟雀，唱着歌从天幕上滑过，似在欢迎我，又似在对夏日私语。我不知道说什么好，唯心头涌起一股感动的潮水。

在城市里待长了，忽地来到这村野之地，我有一种想落泪的感觉。这绝非矫情，实因我的心被幽囚得太久，险些丧失对自然万物的敏感。试想，如果一个人活着，他的心却先死了，那将会怎样？不敢细想，细想是一包毒药，想得越深，毒性越大，直至身心都麻木，麻木到根本意识不到自己尚活着。故许多时候，我都不想，不想过去和未来，不想白天和黑夜，不想晴天和雨天，不想土地和天空……遗憾的是，不想也是一种想，非想非非想。可见，人要挣脱自己想与不想的藩篱，何其难。不想吧，自己毕竟是一个人，不是一头猪或狗；想吧，终究会将自己想成非人的模样。

好在王家坝不会想我是想还是不想，它安安静静地待在那里，任天空的鸟飞远，任地上的人走近。街道上，只有我和我的影子在互相追逐。这条街道不长，像季节的一条尾巴。如果快走，几分钟就能走完。但我走不快，每走一步，都似艰难的跨越。街道两边，屋舍俨然，独不见人。人去了哪里，估计连人自己都不清楚。只是街道的拐角处，有一个妇女，在弯腰洗头。长发盖住了她的面孔，也盖住了她的沧桑。妇女的旁侧，坐着一个老人，不说话，目光盯着眼前的一个瓷盅，仿佛那个瓷盅里装着她的青春、记忆和荣辱。

我也不说话，我是王家坝地底的一块煤，只酝酿属于我的火焰。但我的火焰仅能照亮我自身，更多的煤，则走失在酝酿和寻找火焰的路上。那些即使没有走失的煤，也早已成为王家坝的记忆标本，或一个年代的物证。

抓住记忆的辫子，我从街道上转身，爬上通杆坡。在不需要火光的年月，我喜欢站在高处，去努力接近星辰。坡巅生长着一棵上千年的黄葛树，树冠延伸向整个坡沿。远远看去，宛如岁月女神撑开的一把绿色巨伞。若干年前，这树下有一条古道，往来的行人牵着马，马驮着茶叶，与生活做着交易。也许，这棵树就是当年的某个商人栽种的。他想以这棵树来铭记什么，昭示什么，象征什么。然而，时序更迭，斗转星移，当年植下这棵树的人今安在？看着这棵树慢慢长大的人今安在？在这棵树下乘过凉的人今安在？树肯定知道答案，可树不说。树之上的太阳、月亮和星星也知道答案，可它们更不说。不说是对的，哪怕能说出时间的历史，也无法说出人的心路历程。

黄葛树周围，种满了桃子和金丝皇菊。我绕着田野走了一圈，错过了花期，没有错过果期。我摘下一个桃子，咬了一口，满嘴果香，好似吃了一口治疗乡愁的药。那些金丝皇菊呢，还不到出嫁的时候，自然也就没有将自己开成一朵花中的皇后。

我找了块石头坐下来，等花盛开，等时光老去，等另一个自己，从初夏款款走来。

明月黄昏映晚霞

生命无处不在。

那些青草,那些花朵,那些翠竹,那些老树,无不焕发出生机。在明月村,季节仿佛失去了意义。一切生长的事物,都在塑造时间。我第一次看见时间也是有颜色的,那么醒目,有红有绿,有黄有紫,有粉有蓝。我伫立在村口的路边,想跟时间谈谈心,可时间根本顾不上理我,它正忙着与明月村的黄昏约会呢,时间才不愿错过任何一次表达爱的良机。土地沉默着,装着什么都不知晓,什么都没察觉,它相信秩序自有规律,天地间发生的所有,都是上帝最好的安排。空气、风和尘埃,在黄昏游走。鸟雀在空中寻找晚餐。夕阳醉了,卧在远山之巅。蚂蚁排起长队,赶在天黑之前完成转移。蜗牛实在爬得太慢,一生都在风雨兼程。草叶上的蚂蚱,蹦跳着四处投宿旅店。还有树枝上的蜘蛛，在忙碌地修补破网，试图将黄昏网住，捉去送给黎明邀功。

我默默地洞察着这些现象，心中五味杂陈。作为一个人间过客，许多年来，我看到过无数的悲欢离合，生离死别——人类的，动物界的，植物界的。这已无甚新鲜，岁月周而复始，日子平淡无奇。该发生的，终会要发生；该埋葬的，终须要埋葬。只是我没料到，走入明月村后，我依然在见证存在的复杂性。我原以为，在黄昏时进入一个村庄，可以是隐蔽的，像独自去往陌生的远方，向城市的郊区撤退，哪知道村庄也是中心。角落和边缘地带，也挂满了聚光灯，飘扬着彩旗，镶嵌着标语。

村庄的左侧，有一条小径。小径的左侧，是几块菜籽田。菜花谢了，籽实饱满。一朵花跟一粒籽实之间，到底是什么关系，是因是果，是苦是甜，是生是死？没有人搞得清楚，万事万物都在历经自身的轮回。忽然，我好似听到一声召唤，使我不自觉地走到菜籽田中间去，那些高过我头顶的菜籽，瞬间将我淹没。那一刻，我竟有一种莫名的感动，眼角流出两滴泪珠。我想起若干年前，也是黄昏时分，我独自走入一片油菜地，哭成个泪人。我已记不起自己哭泣的原因，也许是为一只消失的蝴蝶，也许是为落日就要隐入山坡，也许是为尚未归家的母亲。从菜地里出来，我的周身都粘满了金黄的花粉。那花粉像一束光，一直在引领我成长。我不知道生长在明月村的这些菜籽，是否也曾陪伴过一个孩童的孤寂。想必是没有的吧，如今的孩子，谁还会去注视一片菜地呢？他们都沉浸在手机制造的虚拟世界里，过着迷幻的童年岁月。我抹掉眼角的泪珠，退回到小径上来。我看见一个老人，背着双手，在菜籽田边踱步，神态是那样安详。走几步路，他就停下来，仔细地看看菜籽，还要伸手摸摸。我理解这个乡村老人，但我不会说破更多的秘密。在乡下，这样的老人很多，这样围着菜籽田、秧田、麦田、玉米田踱步的老人很多。他们不是孩子，不会玩游戏，他们只是在心里琢磨，到底还能不能将自己种植的这一季农作物收割回仓。

夕阳淡了一些，由血红变成了橘红。我不是一个习惯走大路的人，只好顺着小径继续走。我相信，任何一条道路，都在给我方向和目标，也在给我启示和思考。小径两旁的房屋一座挨一座，每一座都修建得高大、宽敞。造型也各具特色，有古典味十足的，也有欧式建筑风格的，非常气派。不得不承认，现今的乡村正在发生翻天覆地的变化，变化得让人有一种陌生感。自来水通了，天然气通了，路灯也安装上了。人在村中走，感觉不是回家，更像是在旅行。那些漂亮的房子，也不像是民居，而是像民宿。

我渴望在行走中遇到一个村民，将我领去他的家中坐一坐。

遗憾走了许久，都没有看见村民出现。那些富丽堂皇的房屋大门也都紧锁着，唯有几条黄狗在院坝里跑来窜去，朝着我这个陌生人狂吠。吠累了，就趴在院坝边的橙子树下，守候夜幕降临。我猜测，这几条狗的主人大概还在周边干活吧，农人的时间是不分早晚的。但也不一定，也许它们的主人早就收工了，只是不愿急忙归家，还想坐在田畴边抽支烟，等炊烟升起，等倦鸟归巢，等旧时的风摇晃树梢，等从前的雪铺满野草……

但我不能等，我只是明月村的过客。过客是注定要赶路的，只有在赶路中，我才能找到我的明月与太阳，找到我的土地与河山。小径曲曲弯弯，我的脚步时快时缓，当我走到一个拐角处时，我被眼前出现的一座庭院式房屋所吸引。这座庭院的大门，跟村中其他房屋都不一样，它呈圆形，且没有门。圆形上方，挂一木牌，上书"可园"二字，让人想起古代那些隐士居住的茅庐。我走进园去，见一对年迈的夫妇正在院落里砸核桃。见了我，女主人十分热情，递核桃请我品尝，说是去年从树上摘下的。我尝了一个，口感很好。言谈中，得知这座庭院是男主人祖上留下的。他们的孩子在外面做生意发迹后，多次邀请他们去城里住，但都被拒绝了。他们说在这里生活了几十年，不愿挪窝，他们是下定决心要在这里终老的。听了他们的话，我很感动。人一辈子，能活成自己想要的样子，殊为不易；能守住自己的根，更非易事。

我绕着他们的庭院走了一圈。庭院的后面,有一大片竹林。林中有一条青石板路,路的中段有一座亭子。亭子被雨水淋旧了,柱子发灰发暗。走近了瞧,时间的细节一一呈现。几根亭柱上,都刻有线条粗细不等的划痕。那些划痕交错在一起,形成一幅幅简笔画,具象又抽象。我不知道这些图案是主人刻下的,还是村中别人家的小孩刻下的,抑或某个如我一样的过客刻下的。但不管是谁,我相信刻下这些图案的人,当时定然是看到了什么,或想到了什么。比如,他看到了躲进竹林中的蜻蜓,想到了曾经试图以捉蜻蜓来挽留夏天的一个女孩;他看到了风中掉落的笋壳,想到了多年前那个捡笋壳来做鞋样的老人。我在亭子中坐下来,听风吹竹响,可听到的却是自己内心的声音。那声音,如此微弱,又如此响亮。坐着坐着,我感觉自己也是一根竹子,在这里生长了若干年。我的每一个骨节都在拉伸我的经历。我向往触摸天空,也渴望扎根大地。也就是说,我既不想失去脚,又幻想长出翅膀。我想走,又想飞。也就是说,我不想做一个人,我想做一只鸟。我期待生活的偶然性,不确定性。我的冥想时常让我痛苦不堪,魂不守舍;我的叛逆经常令我落落寡合,独来独往。抱歉,我不该坐在别人的村庄里来琢磨自己的心事。我只是明月村的一个过客,我不该像诗人周梦蝶在他的《有一种鸟或人》中写的那样:"有一种鸟或人,老爱把蛋下在别人的巢里。甚至一不做二不休,干脆把别人的巢，当作自己的。"

从竹林中走出来，夕阳更淡了。暮色下的村庄更显幽静，我怕越走越看不清路，便不再顺着小径走，而是来到村中的公路上。两个骑自行车的老人，头戴草帽，从我的后面飞速向前。那两辆自行车都很老了，却驮着比它们更老的人，飞奔在这日暮黄昏。我目睹老人奋力蹬踩自行车的身影，脑海中竟然浮现出海明威笔下那个与马林鱼搏斗的老人。每个人都有衰老的一天，但人的精神是不老的。或许正是这种不老的精神，在支撑着生命的晚景，看似悲壮，实则动人，难怪古人会说："夕阳无限好，只是近黄昏。"

只是我不清楚，这两个老人干什么去了，出地干活？去镇上喝酒？还是共同去看望一个生病的老伙计？竟然这么晚才急匆匆骑车回家。也许都不是吧，他们只是习惯了这种生活方式，相约着每天傍晚，只要天不下雨，就一块儿骑车在村中转几圈，看看年轻时走过的路，吹吹那些年吹过的风，聊聊已成烟云的往事。

我不想走到明月出来才离去，我也不想明月见到我在明月村浪游的样子，我怕它怜悯我，为我发出更亮的光。我朝着两个老人远去的方向，加快了步伐，好似我在用自己的年轻追赶他们的衰老。

夕阳就要撤离大地，晚霞就要退出天边。我不知是该祝福，还是该祈祷。但我可以确定的是,待到翌日的朝阳冉冉升起之际,我在这个黄昏所见的种种,必将焕发出新的生机。

去缙云寺访春

春风醒得太早,它知道我要上山,就站在山门口等我。可我是个懒惰之人,又时常被幽梦所困扰,以致到达山上,已是中午时分了。刚下索道,我就与阳光撞了个满怀。春风呢,已经转身,跑到山巅散步去了。不是它缺乏耐心,而是它知道,既然有阳光出来迎接我,也就没它什么事了。望着春风离去的背影,我的心惴惴不安。这些年,被我辜负的东西实在是太多了,不只春风,还包括生活对我的各种馈赠。

阳光是春天的灯盏。跟着它走,我便得以进入温暖之门。但今天我不想去别的地方,只想去缙云寺,寻找一炷香。那炷香,从南朝刘宋景平元年(423年)始,就被一个名叫慈应的和尚点燃了。自此,有一缕烟,就在缙云山上飘。这一飘,竟然飘了一千六百年。在这漫长的岁月里,它不仅飘入过百姓之家，也飘入过帝王之门。大概是帝王比百姓更喜欢这烟的味道吧，曾先后敕封，使寺庙几易其名。618年，唐高祖李渊在香烟缭绕中，挥笔题名"禅真宫"，使寺庙名声大噪，香客盈门。到了唐大中元年（847年），宣宗皇帝一时兴起，受山中有相思岩、相思竹、相思鸟的启发，赐寺额为"相思寺"，使寺庙笼罩上了一层浪漫色彩。再往后，由于受自然灾害的摧毁，寺庙曾一度萧条，但那缕若隐若现的烟依然在缙云山上飘。及至时间的齿轮转动到唐乾符元年（874年），另一位名叫定济的和尚为延续香火，弘扬佛法，乃组织僧众，筹措资金，重建寺庙，使缙云山沉寂多时的晨钟暮鼓之声，再次在山间响起。971年，又一位名曰慧灌的禅师，云游来此落户，在佛法的感召下，又对寺庙进行了修葺加固，再次使那缕香烟袅袅升腾，越飘越高。岁月更迭，物换星移，北宋咸平元年（998年），这缕吉祥的香烟被宋真宗看到，喜不自禁，遂派人将宋太宗御诵的二百四十卷梵经秘密送至寺内供奉，替经卷觅到一处绝好的归宿地。再后来，历史拐了一个弯，便来到了北宋景德四年（1007年），真宗赵恒赐名"崇胜寺"。明永乐五年（1407年），成祖朱棣更是对缙云山赞不绝口，兴奋地敕谕"缙云胜景"。明天顺元年（1457年），英宗皇帝又赐名"崇教寺"。看吧，一缕烟竟是那样抢眼，让历代帝王心怀挂牵。这还没完，当日晷的针脚走到明万历三十年（1602年）时，神宗皇帝朱翊钧下令恢复寺庙原名"缙云寺",并赐题匾额"迦叶道场"——这也是中国唯一的迦叶古佛道场。

然而,事物的发展总是有兴有衰,有安有劫。明末清初之际,眼看缙云寺正在逐渐走向繁盛,怎奈一夜之间,风云突变,张献忠率金戈铁马,入川屠城,缙云寺也惨遭兵燹,尽成灰烬。面对残砖断瓦,僧众们无不痛心疾首。大家都以为,这座辉煌的寺庙将就此消失,隐入山林,岂料那缕烟仍在火堆和血流上飘,虽然它飘得是那样柔,那样轻。清顺治十七年(1660年),一个名叫自然的贵州和尚,远远地看见了那缕烟,来此结茅幽居,用一颗佛心,守住了行将熄灭的香火。待到清康熙二十二年(1683年),著名禅师破空又来此重续佛缘,主持重修了大雄宝殿和经楼,寺内佛像得以重塑金身,香火再次鼎盛。雍正二年(1724年),明贤和尚效法前僧,主持重修了天子殿。乾隆二十五年(1760年),天子殿再度修缮,寺庙终现昔日辉煌。转眼到了道光年间,智福和尚募集善款,精心修建客堂,使缙云寺变得更加巍峨和雄壮,前来朝拜、敬香的僧众络绎不绝。寺中梵声日日不断,回响山谷。

写到这里,我不得不对那些秉持信念,甚至不惜以性命保护寺庙的大德高僧充满了敬意。要是没有他们,也就没有如今的缙云寺。要是没有缙云寺,那缕飘在缙云山上的烟也将不复存在。烟诞生于火,火诞生于法,而法的传递,自然要依靠僧。

故每一位苦行僧，都是人间的法——因法，缘法，果法，就像每一种法，都是宇宙的心——天心，地心，人心。

　　梳理缙云寺的历史，我不禁感慨万千。阳光比先前明亮了些，我站在庙门口的高僧塔院中，心潮起伏。我相信阳光明白我在想什么，它跟春风一样，也曾见过那缕烟。塔院异常幽静，曾在缙云寺修行传教的太虚大师、正果法师、竺霞法师的塔皆坐落于此。我绕着这些高僧的塔转圈。我在转的时候，阳光也在陪着我转。天上有阳光，我的心中同样有阳光。也不知转到第几圈的时候，我在太虚大师的塔前停下了脚步，伫立良久。四周的古树上，挂满了春天的经幡——尽管它们全都变成了绿叶，我也能一眼辨认出来。我的目光即是我的心象。天空蓝得没有一片云朵——云朵都跟着雨水转世了。头顶的山脉形成屏障，将时间围住。唯有这样，它才能让被时间围住的事物慢下来，使其长住在缙云山上，成为山的一部分——变成山的毛发或骨骼。我深信，那些生长了千百年的老树，记忆里都落满了舍利子。只要望着它们，心很快就能安静下来。寺庙周围的每一棵树，都是聆听过佛法的。只是我不知道，林中的哪些树，是听过太虚大师说法的呢？

　　1930年秋，曾任世界佛学苑苑长、中国佛教学会会长的太虚大师"游化入川"，知悉四川刘湘有"选派汉人入藏"之意，他敏锐地抓住契机，大胆倡议创建"世界佛学苑汉藏教理院"，以研究汉藏教理，发扬汉藏佛学，促进中华文化与世界文化之间的交流为宗旨。不料，此倡议深得渝州军、政和金融界知名人士的积极响应。特别是实业家、民生公司创始人卢作孚，以及时任重庆警察局长的何北衡，对太虚大师给予鼎力相助，建议他将缙云寺作为院址，尽快实施计划。1932年8月20日，"世界佛学苑汉藏教理院"正式成立，经商定，推选刘文辉为名誉院长、太虚为院长、何北衡为院护，共同组成汉藏教理院董事会。

余生也晚，我无缘亲见那日的盛况。但我相信，飘在缙云山上的那缕烟一定是看见了，生长在缙云寺周围的树一定是看见了。那么，当时的那些树都在干什么呢？是在抽枝发芽，还是在年轮上刻下经文？抑或，它们只是作为一棵树站在那里，让一群小虫子爬上树干，让一群飞鸟栖落枝丫，共同见证一个庄严的时刻。法从来都不只是给人类的，也给动物和植物。众生平等，万法归一。太虚大师身为民国四大高僧之一，他的功德无量。教理院成立后，他将全部精力投入其中，广种福田，惠泽僧众。他不畏寒暑，扎根寺庙，向听众系统讲解"人生佛教"，被誉为"人间佛教祖庭"。办学二十年间，教理院云集了法尊、印顺、观空、遍能、满智、福善、虞愚等老师，在他们的培养、浇灌和润泽下，从教理院走出去大批佛教人才，弟子遍及世界各地，赵朴初先生就毕业于汉藏教理院。包括后来在佛教界赫赫有名的惟贤法师、慧海法师、大果法师、演培法师等，都是太虚大师的门生。正是由于人才辈出，缙云寺成为世人公认的"川东佛教圣地。"

一缕烟终于飘成了一片光。这片光，比头顶的阳光更亮，阳光照耀不到的旮旯，它能照耀；阳光擦不净的暗角，它能擦净。这便是法，是慈悲，是爱。太虚大师当年所讲之法，他既是在讲给自己听，也是在讲给天地听，更是在讲给众生听。他无疑是得道了。难怪在他五十岁生日时，教理院的师生们要在狮子峰上修建一座太虚台，以此纪念他留给后世的福德果报。

想到这些，我面向太虚大师的塔深深地鞠躬！鞠躬毕，猛抬头，我发觉头顶的阳光笑了，笑得那么灿烂、那么纯真、那么圆满。

春风也见到了阳光的笑，赶紧从山巅跑下来，牵着我的手，朝缙云寺中走。它们知道，这下是该我进入寺门的时候了。那一刻，我才幡然醒悟，原来春风等的并不是我，而是我的觉醒；阳光迎接的也并不是我，而是我的开悟。如此一来，我就不仅仅是缙云寺的一个肉身访客，也是缙云寺的一个灵魂访客。

古寺不愧是古寺，红门黄墙都昭示着"波若"，青石黛瓦都镌刻着"金刚"。我慢悠悠地在寺院中踱步，阳光在我的左侧，春风在我的右侧。我走到哪儿，它们就陪到哪儿。我清楚，春风和阳光都在帮我校正自己。我的脚步虽然走不出莲花，但至少可以走在正道上。道正则法正，法正则心正。每个人都需要修得自我的正等正觉，不然，即使走再远的路，求再大的法，也是枉然。搞不好，反而走到路的尽头，法的背面去了。

这样行走着、思忖着，我又看见了那缕烟，它在大雄殿内缭绕。殿门上，悬挂着一块老旧的匾额，上书"昙花蔼瑞"四个大字，正对着远山和东方。我进得殿内，见高大的神龛上供奉着迦叶古佛，金面彩衣，掌托如意，一派端庄肃穆。佛像两侧，分别站立天王护法，左边为帝释，右边为梵王，给人威严之感。古佛前的蒲团上，一个中年妇女，正在顶礼膜拜，脸上十分安详。我不想打扰她，悄悄退出殿门，也退出她的视线和正念。

缙云寺右侧，是天子殿。殿前的庭院中，翠柏森森，古木参天，宛若一张张天然巨伞，给在寺中进出的人遮阴，也给地上爬行的蚂蚁、蜗牛和蚰蜒遮阴。我从树下走过，发觉时间正躲在树下休憩。我第一次知道时间也是有睡眠的，时间睡着的时候，会不会也像人一样打鼾呢？如果会，那时间的鼾声势必会穿透时间本身吧。这座天子殿门前，就种植有两株古柏。我走过去摸摸，不想把时间摸醒了。它翻了个身，又匆匆忙忙赶路去了，只留下我这个永远在追赶时间的人。当年，太虚大师创办汉藏教理院，因教学所需，将天子殿更名为"双柏精舍"，并嘱人撰写一楹联："禅贯浙川，昔有桂香曾遍馥；教融汉藏，今应柏翠此长春。"而在这之前，天子殿本来是有一副楹联的。

直到 1988 年，僧侣在改建、维修"双柏精舍"时，该楹联因风化剥落，才露出天子殿原来的楹联来。两相对照，原来的楹联似更有禅意和哲思："你可知此身不能久在，何苦急急忙忙干些歹事；我却晓前生皆已注定，只得清清白白做个好人。"

此副楹联让我沉思许久。这三十八个汉字，好似三十八颗佛珠，每一颗珠子都在教人自渡。除大雄殿和天子殿外，缙云寺的建筑主体还有天王殿和闻慧殿，每座殿皆各具特色。在各殿之间徜徉，我觉得去不去追赶时间都无关要紧了。时间跑得快就让它跑去吧，我愿意把自己慢下来。你看那些跑得太快的人，跑在各行各业前沿的人，纵使风光无限，身份显赫，又有几人不是失去的东西比得到的更多呢？生命是应该做减法的，只可惜，懂得并做到的人太少了。更多的人直到临终之际，都还在拼命地做加法。

假如有人不愿与时间赛跑，只想活在时间之外，这又有何不可？

只是，谁能活在时间之外呢？我坐在寺内的亭子中发问，得到答案我就准备下山了。可我不能回答，飘在缙云寺上空的那缕烟照样不能回答，陪伴我的阳光和春风更是不能回答。不仅如此，这个世界上的许多问题，都是不能回答的，只能参悟。人生所有的答案，盖在于参悟。

我来缙云寺访春，也不是为求一个答案，而是为求参悟。

现在，我要离开寺庙了。我跟春风挥手，跟阳光挥手，跟那缕缭绕的禅烟挥手。我从缙云寺中走出来，也是从参悟里走出来。

我看到了另一个春天。

去武隆

　　去武隆的前夜,我做了一个梦。梦中有一片树叶,在追着风跑。我躺在树叶上,仰望着蓝天白云。树叶飞行的速度,正好是我梦的速度。不快不慢,像季节的变换。我不知道那片树叶飞了多久,也不知道它载着我要到什么地方去。在梦中,我从来不用担心现实的问题。梦牵引我去哪里,我就去哪里,许多时候,我都不过是在扮演梦的注脚。但有一点却也是无疑的,大凡每次做跟飞行有关的梦,我都会远行——我的梦总是提前给了我路标和方向。

　　那么,索性就听梦的话,走吧,去武隆。

　　武隆我并非第一次去,一路上,我都沉默着,时而看看手中翻开的书,时而望望窗外。或许是临近年底的缘故,沿途的风景一片萧索,不少的树都落光了叶子,偶尔有几只鸟停留在

去武隆

枝头，像在等待什么。斯情斯景，像极了我在书中读到的氛围，淡淡的，有那么一点点脱离红尘的感觉。

抵达武隆，已是傍晚。疲乏使我匆匆吃罢晚饭，便回到了房间。我入住的酒店在仙女山上，名叫天怡芳草地。站在酒店的阳台上远眺，夜幕下的仙女山灯火璀璨，好似谁在夜里点亮了无数根火把，要召集各种动物前来聚会，商量在白天见到的一切——爱和恨，美和丑……然后，如何重新去面对新一个白昼的到来。

那一瞬间，我感觉自己成了夜晚的边沿人。满山的灯火，都与我无关。于是乎，我简单洗漱后，便蜷缩在床上，什么也不去想，什么也不去看。想得越多，看得越多，烦恼就越多，焦虑就越多。我唯一的期待，是能再做一个前夜那样的梦。我喜欢那片树叶，喜欢树叶追着风跑，也喜欢躺在树叶上，仰望蓝天白云，仰望高于现实生活之上的星光和月光。正这么思忖着，不一会儿，我就入睡了。遗憾的是，睡着后，梦并未来找我。或许它已经将我带到了目的地，它的使命已经完成，可以隐身了。

翌日醒来，我再不去想梦的事。人毕竟还得在现实中求活，还得去面对必须面对的所有。那么，干脆就将梦彻底忘掉，去武隆值得去的地方走一走，看一看，任由思绪像树叶般随风飘动。

我去的第一个地方,是天生三桥。顺着步道朝下走,越走越像是在进入地下迷宫。那个迷宫里有什么,我也不知道,就那样小心翼翼地跟着路走。在外地,我的脚从来都不会听我的大脑指挥,而只会跟着路走。或许是它们平素跟着我走过的路都太崎岖、太坎坷了,一直在找机会脱离我的身体,成为独立的自己。

我理解脚的苦衷,故意不低头看它们,只抬头看对面的山崖。那些山,壁立千仞,山顶上植被葱茏,形成天然的屏障。亿万年来,我不清楚是否有人顺着山崖爬上过山巅。如果没有,那这绵延的陡峭山崖,可能压根儿就不是为人类而存在的。人类之所以有缘看见山体,那想必全是上帝的安排。上帝想要告诉人类——人的伟大,也是人的渺小。

有几只鸟雀,在沿着山崖飞翔。它们是大自然的舞者,边表演边发出叫声。那叫声尖利而响亮,碰撞在山崖上,好似能擦出火花。我在步道旁的一块石头上坐下来,成为它们的观众。其中一只鸟,大概是瞧见了我,向我俯冲过来,在我的头顶盘绕。翅膀掀起的气流,搅得我内心极度不安。是它们不欢迎我吗?还是我的出现让他们也极度不安?

我赶忙站起身,再也不敢看它们,继续朝迷宫的深处走。我希望将自己藏起来,不但让鸟雀看不到我,还让我自己也看不到我。我并不想从天生三桥的下面走过,也不想从天生三桥的上面走过，我只想从自己心中的桥上走过。

就这样，也不知走了多久，我的耳边传来一阵潺潺的流水声。循着水声的方向望去，才发觉自己已经置身在了龙水峡地缝腹地。我的心顿时紧张起来。幽暗的光线，更是给我的紧张罩上了一层色彩。我从小就生活在低谷，故只要到了谷缝，便本能地有一种想要逃离的冲动。那些飞瀑形成的水声，就是催我逃离的号角。我低头一路猛走，好几次，额头都差点磕碰到岩石。也许是我走的速度实在太快，我感觉两边的山体也在随着我走动。这种感觉瞬间让我意识到，其实我也是山体的一部分，而山体又是宇宙的一部分。正是万千部分组合在一起，才形成了自然界的整体。

意识到这个问题后，我又替自己感到好笑。不就是出门放松一趟吗，哪用得着把自己搞得那么深沉，跟个哲学家似的。莫非人活着，真是随时随刻都会"载不动，许多愁"吗？

笑过之后，我果然轻松了许多。再看两旁的山水，竟然"看山是山，看水是水"了，难怪米兰·昆德拉要在他的代表作《生命中不能承受之轻》中说："人类一思考，上帝就发笑。"上帝的笑是智者的笑，而我的笑不过是愚者的笑。

那么，不如快快从"天坑地缝"中逃出来，去别的地方看看好了。

当我冒雨来到仙女山草坪时，已是第二天上午了。比起昨日在"天坑地缝"中的神游，这片天然草坪给了我异样的体验。因是初冬，天空又飘着细雨，吹着微风，这使得整片草坪在静中有了一丝动感。我撑着一把伞，朝草坪的深处走。烟雨朦胧中，似已不知今夕何夕。地面的草不是很长，有浅绿，有鹅黄，有淡红，放眼望去，像是从天外飞来的一块彩色地毯。雨珠挂在草尖上，晶莹剔透。我尽量不让脚触碰到草尖，但还是有大量的水珠滚落下来，浸湿了我的鞋袜。我并不感到寒冷，我已经忘记了这是冬天。

草坪上几乎没有人影。或许更多的人，都在忙着准备过冬的柴火，根本没有闲情到草坪上来散步。空旷让我感到无比的自由。整个上午，仙女山草坪成了我一个人的"心灵牧场"。我在草坪中心的几棵树下伫立许久。那是几棵裸露着枝干的树，最高的一棵，树龄应该很老了，枝干上结满了茧。我伸出手摸摸，仿佛摸到的是一个季节老人粗糙的手指。其他几棵矮小的树，站成一圈，包围着老树。凭经验判断，这几棵矮树都很年轻，估计是老树的孩子们。它们待在一起，不言不语，不知道是在集体御寒，还是在思考待这个冬季过去，又该怎样去迎接新一个春季，迎接新一轮生长。

我绕过树，也绕过树们的沉默，朝草坪的对面走去。走了大约五分钟后，一群低头吃草的羊出现在我的面前。那些羊，多数为黑色，只有几只为白色。我数了数，总共有十七只。我缓缓地向其中两只羊靠近,它们并不怕人,扭头瞅瞅我,又低头安然地吃草。雨水打湿了它们的胡须和羊毛,但它们并未察觉。无论是人还是动物,生存都是首要的。我在其中一只羊面前蹲下来,想跟它们说点什么,又终究什么都没说。在生存面前,我能说什么呢?说什么都是多余,说什么都没有必要。我唯一的愿望,是这片草坪都能成为它们生存的乐园。

我不想打扰一群静静地吃草的羊,就像我不想打扰几棵静静地越冬的树,蹲了一会儿,便转身朝回走。天空的雨越飘越密,我将手中的伞收拢,让细雨淋湿。我想,既然雨水可以淋湿山羊,为何不可以淋湿我呢?我跟那群羊一样,都是这个地球上的求食者。

这时,不知从哪里窜出来一个穿红色衣服的小姑娘,朝羊群的方向跑去。她也没有打伞,任由雨水淋湿。我默默地看着那个飞奔而过的小姑娘,脑海中突然跳出安德烈·塔可夫斯基电影中的场景。具体是哪一个场景,我也说不清楚,也许是《乡愁》中的某个场景,也许是《伊万的童年》中的某个场景。总之,我被这个场景震撼了。

在仙女山草坪,这个小姑娘,这群羊,这几棵树,这片杂色的草坪,都给我带来了一种别样的审美和思索。对了,还有我离开草坪时遇到的那几匹马,它们也给我带来了不一样的思索。那是几匹枣红色的马,也各自低头在静静地吃草。其中一匹马，不知何故，它一看见我，就慢悠悠地靠过来，伸长舌头舔我的手，还试图用嘴蹭我的脸。其他几匹马，都远远地看着它们这位同伴的举动，张大嘴想说话的样子。这意外的一幕，让我感动。当人与人越活越生疏，人与动物反而有了亲近感。

　　我怀疑，这匹马一定跟我有某种因缘。不然，它不会如此待我。从武隆回来后的很长一段时间，我都在想念这匹马，想念在武隆那如梦如幻的游历。

回龙春语

三月的小雨,好似长着四月的脚,幻想朝岁月的深处跑,跑到五月或六月,乃至八月或九月去,直到将自己跑成另一朵云,云之上的蔚蓝,蔚蓝之上的天空。这是雨的回乡之旅。我站在骑胜村的三岔路口,仰头看见了奔跑的雨,低头却看见了自己。我跟雨一样,也正走在回乡的途中。雨在天上,我在地上。雨在天上寻找家园,我在地上寻找家园。

春风睡醒了,从草木的身体里钻出来,披一件绿薄衫,想为我和雨引路,但它不知道先带谁。先带雨吧,它怕我待在原地迷失自己。毕竟,我脚下的路,已经将我抛弃多年。不管我朝哪个方向走,都可能偏离我渴望抵达的地方。先带我吧,它又怕雨在飘飞的过程中魂飞魄散,最终落入河流的怀抱,再也无法返回天堂。我理解春风的善意,不然,它绿不了那么多的江南岸，也裁剪不出那么多的尖细柳叶。雨也觉察到了春风的为难，逐渐变得小起来，它试图以隐身的方式，让春风心安。我被春风感动了，也被春雨感动了，羞怯地转过身，朝一片田园走去。我不想给春风造成尴尬或负担，我选择自己带领自己，哪怕像一个熟人带领一个陌生人。在通往诗和远方的道路上，唯有自己给自己引路，才可能走过一生的安宁。

田园无语，沉默如三月。远处的山脉顶端，飘着大朵大朵白云。每一朵云上，仿佛都住着一个天使。这让我想起若干年前，有一个饥饿的乡村少年，站在干裂的田埂上，仰望云朵的情景。他将每一朵白云，都想象成棉花糖——幻想也可以充饥。嘴角流出的口水，打湿了身旁的野草。我不知道，在那一刻，上帝是否也看见了这个少年，是否也看见了少年看见的棉花糖。如果看见了，那么在上帝眼中，那一刻的云朵，到底是棉花糖呢，还是凝结在天空中的霜花呢？

我看着白云，想着白云的心事。那些云朵，是刚才隐身的雨吗？雨藏在云中，像眼泪藏在眼眶中。有时，人的眼眶泛潮，说不定正是雨在云中喊疼呢。我朝四下张望，看能不能找到一把梯子，爬上去，将雨从云中拯救出来。实在拯救不了，那就将云朵移开一点点，给阳光留条缝隙，让暖来抚摸大地和人间，也来抚摸这片世外田园。但我找不到梯子，我能找到的，只有路边的那棵大树。那棵大树是何时来到田园的，我并不清楚。

它粗壮的枝干上，既没有标注出生年月，也没有镌刻时间密码。树只按照树的方式生长，从来不会去操心树之外的事情。它不会把自己假想成一朵花或一株草，要去换一种活法。更不会想到去扩张地盘，把丫枝伸向田园周遭，把春色全覆盖。它明白自己是来点缀而不是来占有田园的。我欣赏这样的树，那我干脆将这棵树当作梯子可好？我走到大树底下，伫立良久，没敢攀爬。我担心自己爬上去，就会成为一只鸟，还会在树上筑一个巢，将思想的蛋下在窝里，孵出数不清的烦恼。倘若那样，我非但救不了雨，连我自己也救不了。更不可能去将云朵移开，把光芒和温暖接引到地面，变成火种，点燃植物和动物的梦想。

于是，我只好从树下走过，不再去回想白云和雨，也不去回望树，只把自己交给田园，好比把一件旧农具交给土地。在此之前的许多个夜晚，我都做过相同的梦——独自走在一片田园上，田园的左侧开满了鲜花，右侧落满了白雪。我走在中间，遭到了鲜花和白雪的挤压。鲜花想把我变成白雪，白雪想把我变成鲜花。它们一边来自早春二月，一边来自隆冬二月，而我恰恰走在三月的过渡地带，无论朝后走还是朝前走，都走不成季节的宾客。眼下，我从梦中的三月走入了现实中的三月，但现实中的田园已不是梦中的田园。与梦中的田园相比，现实中的田园更富有梦幻气质。

顺着田园朝里走，映入眼帘的，是一个乡村篮球场。球场的绿色铁丝网上,落着一只鸟,在东张西望。那只鸟,应该也是鸟类中的运动员,只是有可能退役了。因为我在瞥见它的瞬间,感觉它还带着满身的伤痕。或许正是这伤痕,使它不再过问鸟类的事,只愿跑到人类的赛场上来观看竞技,借此回顾一下自己那残酷的辉煌时光。只可惜,那天没有赛事活动,留在村中的人,都到田间地头忙碌去了。即使没有忙碌的人,也以忙碌的名义,去了比远方更远的远方,开始了比忙碌更忙的忙碌。我不知道这只鸟在这里等待了多久,看得出,它有些失望,没有受到人类的待见。鸟不会明白,对靠天吃饭的农人来说,永远有比打球更重要的事情去做。我很想走过去,劝鸟回到鸟的世界去。人类的赛事,远不如鸟类的赛事精彩。看穿了,会觉得毫无意义。可我刚要挪步,球场上就跑进去几个大人和小孩。鸟突然精神抖擞,以为运动员在热身了。可看了半天,却发现他们并不是来打球的,不过是几个受伤的大人在安慰受伤的小孩,受伤的小孩又反过来安慰受伤的大人。鸟摇摇头,奋力飞走了,朝着季节以外的地方。它那孤绝展翅的样子,仿佛一个无家可归的人,正在退隐江湖。

送走了鸟,我绕过球场,来到了土丘上的两座小木屋。木屋刚刚建好,还没有住过人,只住过白天的太阳,夜间的月亮和星光。偶尔,几只流浪的小昆虫会爬进去,举办一场演唱会,把自己唱得魂不守舍。我推开小木屋的门,试图把自己关进去,再也不要出来。我愿意成为这片田园的守护者。遗憾的是,那扇门能够关住我的肉身,却关不住我的想法。我的想法就卡在门缝里,既成不了室内的门闩,也成不了室外的铁锁。

那么,还是将木屋留给天地好了。我作为天地间的一个过客,只得继续赶我的路。路在田园上弯弯曲曲地延伸,我在田园上曲曲弯弯地行走。我好想把路走直了,可我的脚印从来就歪歪扭扭,像许许多多田园之人的命运。再怎么小心翼翼地走,也没能把生活走成地平线。每走一步,都似踩着痛苦的记忆。

路旁的豌豆荚怀孕了,蚕豆也怀孕了,有个农妇正在给它们做护理。她时而摸摸蚕豆荚,时而摸摸豌豆荚,那种喜不自禁的表情,宛若摸着儿媳妇的肚皮。我没有见到这位农妇的儿子和儿媳,不清楚她是否已在享受含饴弄孙的晚景。我从她身旁走过,她没有正眼看我。她的注意力,全在护产上。这个土地上的接生婆,想必给不少植物接过生。经她的手诞生的孩子,足以将她喊成一个白发奶奶。

路的拐角处,有一口鱼塘。奇怪的是,里面并没有鱼,只有成串的水草在搂着池水的腰。水草和鱼,都是爱水的。离开了水,它们都没法活。也就是说,鱼和水草,一直在争夺爱。我猜肯定是鱼看见水草将水缠得那么紧,绝望了,才主动离开池塘的,不是说有一种爱叫作放手吗。但我分明觉察到,这口池塘里的水长满了皱纹。也许在鱼离去的那天,水的灵性和活力就死了。可见爱并不是一种捆绑，而是一种成全。乾坤间所有的爱，莫不如是。

池塘正对着的，是大片油菜地。油菜花期已过，全都结了荚，此前的金黄色变成了翠青色，这是花的逆生长，也是花的缩骨术。唯有退回子宫，花的美才不会凋零。那些成群结队蜂拥着去看油菜花的人，不懂这个道理。自以为看见了菜花，就看见了美的遗传基因。现在那些人不来了，只剩下美的阵痛，在田园里蔓延。他们不来，不是美丧失了，而是美将他们抛弃了，多么可怜、可悲的人啊！

被油菜地簇拥着的，还有一座小院落。现今这座院落已经不住人了，只住三分春色和七分尘土。院落的墙壁上，贴满了照片。照片上的人，都是从这个村落走出去的佼佼者，年轻的面孔上写满了家乡的故事。看着这些朝气蓬勃的脸，让我想起另一位也是从这个村落走出去的人。他离开家乡时，年龄跟他们相仿。此人名叫杨国良，据说他离开故乡那日，满园的高粱映红了天。他的母亲目睹他离去的背影，涕泪滂沱，追上去问："我儿啥时回来？"杨国良转身答道："等下一季高粱红了，儿就回来看娘。"可他这一走，竟令他母亲肝肠寸断。高粱红了一季又一季，却始终不见杨国良的身影出现在故园。他的母亲不死心，在每一季高粱红了的时候，都跑去村头守望。哪曾想，她最终等来的，只是一张死亡通知书——她最疼爱的儿子，早已在上甘岭战役中牺牲了。

从小院落出来,西方的天空竟然飘起一朵红云。我在红云映照下走着,感觉眼前的满园春景都飘动着红绸缎。那绸缎跟高粱一样红,跟血一样红。虽然现在还不到种植高粱的时节,但我相信高粱从来都在这片故园上生长。它的生长,不是在报答土地,而是在等待一个人的归期。植物也好,动物也好,人也好,都是需要家园的。活着的人在寻找家园,死去的人同样在寻找家园。

两江短简

生命之光

我仿佛在追一场雨,从江的南面追往江的北面。路旁的草木都是见证者。它们看到我在奔跑,都想欢呼,跟着我动起来,但根限制了它们的自由。雨光着小脚丫,从树冠上踩过,蹦蹦跳跳的样子,可爱极了。

我站在一棵树下,不知如何是好。倘若我继续追下去,我担心将自己追成一场雨,稀里哗啦地下在这片郊野之地。倘若不追,我又如何才能摘得一片云,送雨回家,把它交还给天空。

长久以来,我都在做着这样的虚幻之事。没有办法,活在这个务实的人间,我唯有沉浸于虚幻,才能拯救我自己。我相信这场雨是懂我的，它知道我追它的目的，没下多久就停了，只把我抛在原地，像是雨甩掉的一个影子。

我瞬间变得无助起来。雨去了，我该怎样安顿我自己。正彷徨无所依凭之时，我望见了对面那个"生命科学园"。冥冥中，我像是受到某种指引，自然而然地走了进去。这个园子里的建筑非常富有艺术气息，红白相间的色块，构成一种极简风格。人在园中徜徉，有一种安宁之感。起初，我并不知晓这是一个留学生创业园孵化中心，专事生物医药研发和医疗器械生产。我已经很多年不关心科学了，虽然我置身在一个科学迅猛发展的时代。在科学与一场雨之间，我更关心一场雨。也就是说，我所关心的，都是科学解决不了的难题。比如一棵树的痛苦，一个焦躁不安的灵魂，一次哭泣的连锁反应……

但我委实喜欢这个园子，尤其当我坐在专供员工休息的具有异域风情的咖啡厅中时，我感受到自己生命的内在活力。我没有被这个世界所物化，我依然在内心替自己建造了一座城堡，那是科学仪器也探察不到的隐秘空间。

我手中端着一杯热气腾腾的咖啡，望着落地玻璃窗胡思乱想，想跟生命有关和无关的一切。可想着想着，那场停了的雨又下起来了，比先前下得更密集，豆粒般大小的雨珠溅到玻璃窗上，像是生命上演的一场狂欢剧。

我立起身，想穿过玻璃迎上去，将雨水收集起来，种在这个园子里，变成滋养生命的药液。那一刻，我忽然想起米沃什在他的《旧金山海湾景象》一书中说过的话："假如你要想拯救自己，就让自己从世界中分离出来，扔一根木头到火上，忘掉梦幻般的错觉，因为单独的你才是真实的。是的，当然，我关心灵魂的救赎。"

竹溪河漫步

路边的紫色花丛上，落着一个蝉蜕，死死地抱着花朵。早在几十天以前，蝉就带着蝉鸣飞走了，只剩下这个空壳，留给季节作为回忆。

沿着竹溪河漫步，我也很想成为一只蝉，把身上能够扔掉的东西统统扔掉，只带着自己的憧憬前行。我的想法不知是否也是竹溪河的想法，它日夜都在这里流淌，流向我看不见的远方。我走到河边，蹲下身子，掬起一捧水，掬起一部"时间简史"。栖在岸边柏树上的一只鸟，无意中瞥见了这一幕，也瞥见了我投在水面上的影子，开始叽叽喳喳地唱起歌来。它的歌声婉转、柔美，仿佛流水敲响的晚钟。我侧耳聆听，竟然听出它句句唱的都是"逝者如斯夫，不舍昼夜"。

我站起身，用目光向鸟发出邀请，希望它能从树上下来，跟我随便交谈几句。不一定非要谈得深刻，只需谈谈它在河岸上看到的景象就行，诸如夜晚跑到河里洗澡的孤星，一条试图跃上岸晒太阳的鱼，那个在结冰的河面寻找火光的孩子……

可那只鸟大概知晓了我的用意，它拒绝向我说出一切。我的目光刚触碰到它，它就瞬间飞离了树枝，只把歌声丢在河里，像是树丢下的一片黄叶，连浪花也没溅起一朵。

我不再去想鸟和鸟的歌唱，顺着竹溪河继续朝前走。我是逆着水向走的，我走过的地方，野花星星点点，装饰着人间，也装饰着我的心情。当我走到一个拐弯处时，出现了一座石墩桥。每一块粗石，都被岁月啃出了凹槽。我走上桥去，看见流水在桥下集会。水缠着水，在争论着什么。桥的右侧，是一片滩涂。乱石横陈其上，好似水长出的骨头。天色阴沉沉的，要下雨的样子。我在桥上走了几步，就停住了。我是来向竹溪河致敬的，不需要从它的身上跨过去。

转身的时候，我遇到了风，它穿着一件水做的衣裳，在匆匆赶路。我伸出手，抓住它的衣襟，劝它歇一歇。风礼貌性地挣脱了，它挣脱时的力度，刚好够我击退忧伤。

长安速度

在长安汽车全球研发中心，我看到一群生产速度的人。他们将速度安装在各式各样的车轮上，以此换来生活的激情。不少人，就这样在激情的推动下，开启了新的人生。他们驾着车，去大漠看日落，去海边逐浪花，去草原拉马头琴，去雪地观白了头的山川……

每一辆车，都是一个移动的家。在这个家里，不需要放床，也不需要放餐桌，更不需要点灯。人一坐下，心就能得到休憩。摇下车窗，月光就会照亮心房。

我有一个朋友，在生活中受伤了——没了老婆，也没了孩子。他很绝望，每天望着天上的太阳都感觉是日全食。后来，他请我喝了一台酒，留下一封信给我，就独自驾着一辆长安汽车去了远方。朋友走后，我曾四处打听他的下落，但终究还是没有半点消息。他留给我的那封信，我一直没有拆开。他叮嘱过我，最好不要看那封信，说看了极有可能成为一个出逃者。

这是个善良的朋友，他知道我不会开车，没有能力去把他追回来。我长期活在自己的慢时光里，即使别人开车载着我奔跑，我的思想也提不起速。有好几次，有人将我从书房里拉出来，去抓一个发生在红尘中的故事。开车的是个老司机，在熟悉的道路上七弯八拐，像载着一个囚徒。我多次提醒他开慢点，可司机说，再慢的话，故事里的人就会被他人抢走。我说那就让他人去抢吧，我一般都只写我自己的故事。司机不屑地看了我一眼，猛踩一脚油门，我便随着他狂奔。仿佛他载着的，并不是我这个没用的写作者,而是他自己的爱情、自由和幸福。汽车掀起的风暴,完全可以席卷那个秋天的金黄。后来到达目的地,我才幡然醒悟,原来那个司机要带我去抓的人,竟然就是他自己。

现在,当我站在长安汽车全球研发中心的演示大厅里,脑海中不禁又浮现出那个驾车远行的朋友,和那个载我去抓他自己的人。他俩都是提速时代的失败者,也是平庸生活的领跑者。对了,顺便说一句,多年后,我那个朋友居然回来了,仍然驾着那辆长安汽车。他来找我将那封信要回去,我只好将信给他。我知道,那封信,他本来就是写给自己的,我不过是它暂时的保管者。

三板溪即景

我到来的头一天夜里,那片油菜花就匆忙地凋谢了。它们没有让我看到它们的大美,也没有让我看到它们的哀伤。不是每一片花,都在取悦于人。它们盛开时的阵痛,也许只有蜜蜂或蝴蝶知晓,而季节全然不知。在季节眼中,所有的花朵都是叛徒,活不过一个春天。但事实未必如此,花朵的凋零,并不是死亡,而是生长在练习"缩骨术"。

在三板溪,我不想替一片油菜花做辩护,我不是律师,不需要维护天地正义。我不过是看到这片残花，说出了真相而已。我做了那么多年哑巴，总要开口说几句。不然，我可能比那片油菜花凋谢得更早，也更容易被人讥讽为人间的叛徒。

你看那些躺在油菜地旁的草地上露营的人，就比我活得洒脱，他们既不会去关心花的生死，也不会去过问季节的对错，就那样将自己躺平，躺成地平线上的落日，或落日之上的彩云。遇到暴风骤起，抑或大雨降临，他们要么闭上眼睛，要么钻进帐篷，打鼾或梦呓，等待风过无痕，雨过天晴。

我从这群人身边走过，我的脚步很轻。我不想惊扰到他们，也不想惊扰到左侧静静地流淌的小溪。这条小溪很浅，但很清澈。溪流两岸，遍植着五颜六色的花草，远远看去，像是站着两排天使，在仰望比天空更高的梦想。其中一束蓝色花朵下的石头上，坐着两个孩子，在交头接耳地谈论着什么。我故意靠近他们，想听清楚他俩到底是在谈论今生，还是在谈论前世。可我最终听见的，唯有三板溪潺潺的流水声。

校园拾忆

走进南开两江中学，我才发现自己是一个寻找时光的人。校园中的一草一木，都在向我诉说青春。几十年前，我曾在一张作业纸的背面，描绘过如斯美不胜收的校园。我在描绘的时候，木桌上点着煤油灯，屋外是呼啸的寒风，我握笔的手颤抖不止。母亲睡下了，鼾声正在捕捉被风刮跑的粮食。父亲则坐在隔壁的木床上裹烟叶，试图将咳嗽和长夜也裹进去，烧成灰烬。我不停地画，画得仔细而心惊。我渴望在那样的校园里找到活着的真理，但是很遗憾，我画出美丽校园的那页纸，最终却被父亲偷偷地拿去裹了烟抽。在贫瘠的岁月中，他不允许我有丝毫的幻想。于是，我只能依旧整日往返在一条崎岖的山路上，成为一个打着火把求学的孩子。而我读书的那所校园简陋不堪，既承载不了我的爱，也容纳不了我的恨。

几十年后，当我在这个现代化的新型校园中踱步，我仿佛重新回到了少年。从我身旁嬉笑着跑过的每一个学生，都好似另一个我自己，他们改写了我童年的记忆和孤独。尤其当我参观完那豪华的图书馆，梦幻般的舞蹈教室和音乐教室，以及文化氛围浓郁的书法教室和语言教室，还有动感十足的机器人活动教室后，我安静地坐了下来。一如当年我坐在教室的屋顶上，自己面对着自己，等待一场暴风雨，或滑过天幕的一颗流星，再思考些超出我年龄的生存哲学。

现在，我的青春早已散场，孩子们的青春正在上演。我真为这些孩子感到庆幸，他们可以躲在知识的乐园里潜心锻打人生和未来，而不必再像我曾经那样，上学和放学都要走很远的路，肩上不是落满风雪，就是落满夕阳。有时暮色都已掩埋山脉了，我都还没走到家，仍在饿着肚子，捡拾路边被风吹落的干柴。然后扛回去，以换取母亲的一个微笑，和一顿早已错过饭点的晚餐。

凤仪湾的昼与夜

昼

阳光伸出舌头,在大地的脸上舔来舔去。半个时辰不到,大地就发烫了。大地上的树、草和花朵,都在微微地颤抖。在这个万物萌情的季节,热情就是一把火或一杯浓酒,要么一点就燃,要么一饮就醉。

我漫步在这条长河的堤岸上,自己仿佛也在燃烧。左侧的梨子树和李子树上挂满了果实,被压弯的枝条快要触碰到地面了。成熟都是向下的,面朝泥土,不虚浮。它不像那些面朝天空,随风飘来飘去的东西,比如理想和信仰,充满了昂扬的姿态和饱满的气血。但太过成熟,似乎也不好。果实太成熟,会落在地上成为一团腐肉;人太成熟,会变得世故和圆滑,甚至阴险和狡诈，没有正义感，也没有是非观念，以中庸替代一切。正这样想着，我转身回眸，发现右侧的大片向日葵全在笑我。它们的笑也是黄色的，像被野火焚烧过。我不知道它们是在笑我的多思，还是在笑我的愚蠢。出来散散心，至于搞得跟个哲学家似的吗？

　　我没有理会向日葵，径直朝泊船的码头走去。在生活中，我已经习惯了接受他人的嘲笑，谁叫我那么不合时宜呢。无论走到哪里，都要仗义执言；无论遇到什么事，都要黑白分明。糊涂些不好吗？浑噩些不好吗？

　　码头上系着几只小船。我走上其中一只，解开缆绳，任船随河流飘荡。河道两旁，长满了芦苇。有的芦苇口渴了，在弯腰喝水。更多的芦苇，则摇晃着白发，在面对流水吟唱诗句。清风徐来，将它们的唱声吹远，让活在季节之外的生灵也能听见。我坐在船头，当起了芦苇的听众。那一刻，我也想唱几句，但就是无法开口。我有好多年都没唱过歌了——我天生就喜欢唱歌。我曾唱过歌给夜空的星星和月亮听，也曾唱过歌给故乡的青山和夕阳听，可后来就不唱了。我知道自己唱的歌不好听，好听的歌我又不会唱。渐渐地，我也就成了一个噤声者。我把歌声囚禁在我的胸腔，免得它跑出来招惹是非。唱歌哪有听歌好。兴许是芦苇见我聆听得认真，唱得越加放肆，白发摇晃得也越加厉害，好似舞动的经幡。谁知，它们这一摇，竟然将唱词全都摇落在了水面。一只野鸭见状，奋力游过去，想将唱词捞起来，送给自己挚爱的伴侣。哪曾想，这一幕早被守候在芦苇丛中的翠鸟看见了，它们迅速窜出来，叼起水面上的唱词就飞，边飞边在空中用翅膀画心花。野鸭和翠鸟都懂得示爱。

我看着眼前的场景，伸掌拍打船舷，献上我的祝福。船越朝前走，河道越窄，弯道也越多。七弯八拐之后，前方出现一座老桥。老桥的一边，站着一棵老树。老树的枝丫上，筑着一个老鸟巢。船从桥洞穿过的时候，我感觉桥想挺直腰，拉住船叙旧。可船只听我的使唤，我没有让它停下来。我怕船一停下，河水就会倒流，时间就会回转，给老桥、老树和老鸟巢打上补丁。

唯有朝前行，我和船才可能靠岸。我不出生在水里，我的性格中带火。而船是最怕火的，它担心我将它化成灰烬，会遭到水的讥笑。它在水上漂了一辈子，不希望最终死在火的怀抱。船载着我，像载着它的孤独和尊严。白云倒映在水中，想陪我一同赶路，但船不知道我要去哪里，我也不知道我要去哪里。我坐上这条船，只是想放逐自己。

阳光的舌头很粗，舔得我的脸火辣辣的。我没有打伞，也没有戴草帽，就那样让它舔着，一如让它舔着大地的脸。我想阳光总有渴的时候，待它舔渴了，准会找水喝。我幻想它能将这条河里的水喝干，那样，我也就不用考虑上岸了，裸露的河床就是我和船的第三条岸。

夜

我来到草地上的时候，黄昏还没有敲响晚钟。风在远处搬运落叶，想赶在夜色降临前，让它们回归树根，去滋养和孕育下一个轮回。对面的苍山，既没长高，也没变矮。山中的那座寺庙，暮鼓已经响过三遍。点燃的烛光，笼罩着佛陀和诵经的僧人。供桌上置放的《地藏经》，刚翻到第四十三页就停住了，再朝后翻，页面已残缺不全，字迹也漫漶不清。寺门前，投林的鸟雀绕来绕去，不愿回巢栖息。它们今天去了一个遥远的地方，在途中，看到过许多同类，死于飞翔；也看到过许多其他生灵，死于幻想。侥幸飞回来后，它们都十分疲倦，也充满了惶恐。它们顾虑一旦归巢，梦又会带领它们重返那个陌生之地，再也找不到回家的路。

山下的湖泊，像一面镜子，不惹尘埃。镜子里照出的万物，远在万物之外。镜子的反面，是更深的黑，藏在水底。星光抵达不了，月光也抵达不了。那些游鱼都睡着了，有的睡在深水区，有的睡在浅水区。还有的，睡在沙滩上，成了动物界的标本和化石，专供人凭吊和喟叹。湖泊的边缘，各种水生植物正在洗澡，这是它们每晚都要进行的仪式。它们洗涤的不只是污垢，还有临水而居的冷清和孤寂。最冷清和孤寂的，当数那些荷花，它们撑着伞，怕夜露打湿了蛙鸣。有的伞都破了，也还那样撑着，像许多人的信念。有一只老青蛙，瘦得皮包骨头，几乎无法再鸣叫，却偏要跳到伞盖上去坐着，抬头仰望夜空，好似夜空中会掉下来一块陨石，能让它衔回去雕刻成一块丰碑，或一块墓碑。我静静地看着它，竟然有一丝丝难过。旁侧两枝含苞待放的荷，箭镞般护卫着青蛙，也护卫着凤仪湾的安宁。

我躺在草地上，想刚才天边最后那一抹晚霞。不料，它消失得那么快。我原本打算等我的思绪回来，就去量量它的身高和体型，然后，将晚霞扯下来，请凤仪湾的老裁缝为其做一件衣裳。我的思绪跟了我几十年，我应该对它好一点。虽然它老爱胡思乱想，甚至给我带来过无尽的痛苦和迷茫。这些我都不去计较了，试想，要是没有它，我不就成为一个木头人了吗？是思绪让我意识到我的存在，也是思绪让我活得比他人清醒。

夜色瞬间增厚了几分，盖住了我的眼睛，也盖住了我的思绪。我怀疑，正是夜色盗走了那抹晚霞。它不想包装我的思绪，也不想让我的眼睛看到更多的东西。它想自己将那抹晚霞留着，拿去做成一条纱巾，像小学生脖颈上系着的红领巾那样系在自己的脖颈上，这样，它就有了抵御寒冷的勇气。红纱巾飘着，宛如火焰燃烧着，夜色就会无比温柔，诱惑更多的人像我一样躺在草地上，或躺在别的什么地方，想些自欺欺人的事情。

我担心压疼身下的野草，赶紧坐起身，扭头看着它们。那片野草果真在嘤嘤地哭泣，草尖上还挂着泪珠。我感到愧疚不已。曾经，我不止一次将自己比喻成暗角里的野草，怕被强光暴晒，怕被弯刀刈割，怕被药剂毒害……那时我尚小，心力偏弱，又缺少爱和呵护，做出这样的比喻，真是再恰当不过。可那些认识我的人都夸赞我，说做野草好啊，生命力顽强，还念出白居易"野火烧不尽，春风吹又生"的诗句来勉励我。更有甚者，干脆直接搬出鲁迅的名著《野草》来鞭策我，但我的疼痛和胆怯还是未减丝毫。多年后，当我历经人世沧桑，再次读到鲁迅《野草》中的话："当我沉默着的时候，我觉得充实；我将开口，同时感到空虚。"不禁泪流满面。

在这个如水的夜晚，我抚摸着身后哭泣的野草，不觉又想起了多年前的自己，还想起鲁迅在《野草》中说过的另外几句话："我以这一丛野草，在明与暗，生与死，过去与未来之际，献于友与仇，人与兽，爱者与不爱者之前作证。"

那么，我该将身后的野草献于谁呢？献于凤仪湾，献于这个夜晚，还是献于天地？我又该将我献于谁呢，献于我的思绪，献于我的孤苦，还是献于我的爱憎。

野草沉默无语,我也沉默无语。当我和野草都沉默着的时候,躲在草地中的蟋蟀却吹起了口哨,继而又拉响了竖琴。头顶上,一只萤火虫闪着尾火飞过,像一颗若隐若现的孤星。

与夜色一起散步

一

　　在遇到你之前，我不知道该朝何处走。我的左边是路，右边是路，前边是路，后边是路，但这所有的路，却没有一条是我的。属于我的路，早在四十年前，我就走遍了。当一个人走遍了所有的路，他就再无路可走。可人活着，不走路怎么行？即使我不再走路，其他人也会走，照样从我走过的路上踩来踩去，好似每一条路都能带领他们去往理想国。我蹲在路旁，看见他们行色匆匆的身影，既喜且悲。我知道他们每个人，最终都会走成我的样子，而我，早已是他们中的任何人。要不是你的出现，我可能就把自己变成了路，让世人来踩踏，让他们的脚印开花。然而你说，要带我去走一条新路。于是我虔诚地跟着你，一步一步走进了夜色深处。那晚，天上的月亮装病，没有出来给我们撒下一把糖果。

二

那个晚上很冷，这冷跟季节无关，我无法准确描述。你刚在家中堆完雪人，我刚在风中熄灭柴火。做完这一切，我们都不知道该干什么。也许明早起来，我们就老了，老得互相不认识。你想趁天还未明，赶紧给我写封信，顺便把青春的尾巴寄给我，作为信物。我不知道你在信中会写些什么，会不会写到我们在前世的背井离乡和今世的离乡背井，会不会写到戊戌年的铡刀和庚子年的清明，会不会写到我从你睡眠中醒来后看见的春天的硝烟，会不会写到我跪在泥土上面对苍天许下的誓言……我不知道，我不知道我们还能干什么。在那个很冷的晚上，你是写信人，我是等信人。在写信和等信之间，我们始终缺少一个邮差。

三

河边安静极了，芦苇的长发白得发黑。鱼儿在水中跃起，将月光当成了诱饵。你走右边，我走左边，仿佛我们走了千年万年，才走成现在的肩并肩和心印心。在你我到来之前，这河边是本没有路的，只有荒草，荒草上的夜露，夜露下的梦境。我们都不清楚，为何要来这里散步。我们更不清楚，散步的目的是什么。也许，没有目的便是目的，没有你我便是你我，你从无我处来，我从有你处去。我们彼此都是彼此身旁的那个空位置，没有人坐得上去。即使侥幸坐上去的人，最后都滑了下来。不是这位置上有刺，而是刺早就长进了肉里，再也拔不出来。我问你，难道这位置就一直空着吗？你因这一问而失声痛哭。我被你的哭声吓着了，颤抖着转过身去，我发现，凡是我们走过的地方，全都落满了桃花和盐粒。

四

荷叶都已枯萎，仍撑着一把把旧伞。细雨从天空飘坠，落在伞盖上就化了，没遭受任何痛苦和折磨。你那晚的心情很好，谈了许多跟自己无关的事情。那些事情中涉及的人，同样没有遭受任何痛苦和折磨。即使他们有一点小忧伤，也被你谈论时的轻描淡写给掩饰了。但我知道你在说什么，即使你在说笑话和美学的时候，你的舌头也是有力量的，正如我的沉默也是一种言说。自从咱俩结伴散步以来，我们就停止了哀叹、抱怨和愤怒。也许正是你我都相信一切都会变得美好起来，才故意用笑出的眼泪，来努力清洗掉粘在语言上的毒药。

五

那条山道似乎又陡了许多，不知是我们的散步增加了它的高度，还是它的高度增加了我们散步的意义。我们都是出卖时间的人，当然时间也在出卖你我。在散步之外，我们都在瞎忙些什么呢？你在忙着偿还生活的债务，我在忙着修复生存的屈辱。这是你我面临的困境，也是众多如你我一样的普通人共同面临的困境。有什么办法呢，活着就是独自面对世界，将身上涂满油彩的一面露给别人观看，将千疮百孔的一面留给自己舔舐。

六

你说，要是没有邂逅我，你的双脚是戴着镣铐的。那些与你相依为命的人，个个都是你的陌路人。你们以爱的名义活了大半生，却从来没有肩并肩地漫步一小段路程。你说这是你的悲哀，也是你的宿命。如果生命可以重新来一次，你说愿意选择独自一人。你不要房，也不要车，每天只吃素餐，喝白开水，自己说话自己听。不必按照别人的意思活着，没有亲人，也没有酒肉朋友。我听完你的倾诉，不知道说什么好。我想说的话其实很多，最终一句话都没有说。因为，我想说的，你都已经说了。那么，就让我们安静地散步好了，自己的痛，唯有自己痊愈。

七

我在散步中对你说过的话，从来没对第二个人说过。说多了，不是过错，就是灾祸。在这个世界上，有些话，我永远不会说。烂在我肚子里的秘密，可以交换十万吨军火。但我愿意跟你说，这不仅仅是信任，而是我发觉，烂在你肚子里的秘密，比烂在我肚子里的更多。这么多年来，你又聋又哑地活着，酷似另一个又哑又聋的我。或许，我们都是胆小的人，像我们的父辈，任何风吹草动，都担心会带来饥荒和迁徙。但我们无疑又是怯懦的英雄，否则，不可能每次散步都走得气宇轩昂，宛如走在回家的路上。

八

散步是逃离吗？我没有想过。我不是思想家，不是瓦尔泽，也不是卢梭。我只是你身旁的第三者，是一个虚幻的异数。我走过你之后,你依然在路上等待着对我的怜悯。我是你自己的一部分吗?也许是,也许不是。在我没有出现之前,你已经把自己的全部割让给了你生命的雇主。于是乎,我从不敢奢望能通过散步找到方向。我们散步是因为自由选择了你我,是你我的灵魂聆听到了自由的召唤。这就够了,许多人一辈子,也未必能获得命运之神的眷顾。我们不遗憾,正如荷尔德林所说:"这样爱过的人,其道路必然通向诸神。"

龚滩夜行人

夜已深。

终于安静下来了。

天上的月亮，地上的花朵，镇前的乌江水，俱已入睡，唯独我还醒着。我知道，有许多人都把我的醒视为另一种睡，我不去跟他们争论和辩驳，也不去替自己解释和遮掩。他们说什么就是什么，他们说什么我都照样是我。

街巷上没有一个人影，连猫也没有一只，只有我的脚步声，惊扰着古镇的魂。头顶月色暗淡，地上氤氲朦胧。丝丝凉风从身旁拂过，急匆匆的，好似从很远的地方跑来，迷路了，正在焦急地找地方投宿。我伸出手，想把风抓住，结果抓住的只是一把虚无。

路的前方，充满了幻想——我担心从左侧的屋子里走出来

龚滩夜行人

一个姑娘，跟我讲她的青春和彷徨；又担心从右侧的屋子里走出来一个小伙，跟我讲他的理想和迷茫。我还担心从江岸爬上来一个船夫，跟我谈人世沧桑和岁月往事；抑或从天空掉下来一滴雨，跟我谈云朵的负心和气候的无常……这些幻想，使我的脚步迟缓，每走一步，都似拖着一个白昼。

我知道，其实我不该这样，不该总是把白昼的思绪带到黑夜里来。尽管，我在白昼经历过太多的事，那些事时而让我忧，时而让我喜。忧的时候，我很想把白昼涂抹上杂色，甚至将白搅浑，让它白得不彻底，白得发不出光，白得就像黑夜。喜的时候，我又很想把白昼涂抹得更白，让它白得如冬天的雪，白得如透明的盐，白得根本不知晓什么是白。我不知道看到这篇文章的朋友，你们会不会跟我有一样的心境，当你们也在白昼经历过太多太多的事情之后。

我的心境暴露了我的存在状态。我不怕暴露，也不怕嘲笑，我把我的白昼抛给你们看，也把我的夜晚抛给你们看。活在这个人世间，我们都没有必要隐瞒一切。即便是那些伪装高手，也终有露出马脚的时候。你的笑容不会长久掩藏你的泪珠，你的快乐不会长久遮盖你的痛楚，你的木讷不会长久修饰你的压抑，你的温和不会长久消弭你的个性……

许多时候，我的笔都不会跟着我的心走，就像许多时候，我的心都不会跟着我的思绪走。也就是说，大多数时候，我的人和心是分离的。我不是一个我,而是两个我。一个我活在白昼,一个我活在夜晚。我也不清楚,到底哪一个我才是真实的我。但我相信,龚滩古镇一定是真实的,它真实得让我忘记了时间和历史。

我一步步朝前走着,从我的白昼走向我的夜晚。我的夜晚是如此漫长,比龚滩古镇的烟火日月还要漫长。街两侧的木门全关闭着,想必门内的主人都已熟睡,唯有门廊上高挂的灯笼发出暗红色的光晕。我很想伸手去轻叩某扇木门,给自己的灵魂找个窝,又怕没人起身来开门。熟睡之人自有熟睡之人的幸福,谁愿去理会深夜里的敲门声呢?我依靠在一扇木门上,掏出一支烟点燃,我听见屋内主人的鼾声和幽梦正在吵架。吵了许久,也没分出胜负。那个主人兴许是在白昼活得太累了,自始至终没有从床上爬起来,平息一下风波。仿佛他入睡以后,这个世界上发生的任何事情,都跟他没有关系了。我禁不住想,这个睡得死沉的人到底是干什么的呢?是古镇上的面馆老板?是一名导游?是一个画家?是一位旅客?是一个教书先生?……也许都不是,他只不过是我的一个幻想。

跟着幻想走,我才能抵达自己的真实。石阶一级级向上延伸,我的幻象也在延伸。猛然间,我的脚被什么东西绊了一下,险些摔倒。我低下头,仔细瞧,却又什么东西都没发现。我在石阶上坐下来,望着左边斑驳的墙壁,和墙壁上我剪纸般的影子，说不出一句话来。我盯着影子看，影子也盯着我看。我们彼此是那么熟悉，又是那么陌生。刹那间，我幡然醒悟，试图绊倒我的，正是我的影子。若干年来，它都想摆脱我，去过一种独立的生活。它不想成为我的附庸，要将我遗弃在这个古镇。但遗憾的是，影子的阴谋是失败的，它无论怎么抗争，都改变不了做影子的宿命。我很同情我的影子，也很同情我自己。我很想放影子一马，还它自由，让它成为龚滩古镇上的一棵树，或树上的一片叶子，或叶子上的一滴夜露。可我的想法并不能证明我的慈悲，只能证明我的脆弱和冷酷。我和我的影子，都逃不脱自己的黑夜。

我站起身，加快步伐。夜越来越深，湿气越来越重。大约再走两三个小时，天就该亮了。黎明就会怀抱着花朵，站在古镇的青砖瓦房上，唱起迎接朝阳的歌。我不想加入黎明的合唱团，我只是一个躲在黑夜中的浪游者。我不需要辉煌，也不需要灿烂，我已经习惯了活在自己的幻想中。我的幻想拯救了我，呵护了我，塑造了我。

也不知到底走了多久，巷道的前方出现了一块平坝。平坝上安放着一张椅子，我本要走过去坐一坐，或躺一躺，但靠近后才看见椅子上睡着两只虫子。那两只虫子，一只大，一只小。靠得是那样近，又隔得是那样远。我不清楚它们是一对父子，还是一对母子，抑或根本不认识，只是结伴着爬了很长的路，遇到天黑，就借人坐的椅子露宿一晚。那一刻，我非常感激这张椅子。它不单给人坐，也给虫子坐，还给风和雨坐，给阳光和月光坐，更给神坐。

目睹虫子酣睡的模样，我的眼眶泛潮。抬头望向江对岸，高耸的山崖形成一张巨大的帘幕。幕布上淡淡灰影，若隐若现，似远古的岩画，似我幻想中一个又一个荒诞的镜头。顷刻间，我有想飞的冲动。我要飞到山崖的那一边去，飞出这个夜晚，飞过我的白昼——带上那两只虫子，带上我的幻想，带上我的影子，带上古镇给我的心象和沉思，一起飞翔。

宁夏时光

鸣翠湖

在鸣翠湖，有许多鸟，被风领走。剩下鸟语，落在苇草上，在静候黄昏。湖水涌动着，跟天空倾诉着密语，试图将自己多年来洗干净和洗不干净的东西，都说给天空听。天空听着听着就下起了小雨，雨滴掉在湖面，溅起一片记忆的回声。

我从回声中走过，带着异乡的往事和错过的光阴。路旁的柳丝垂下来，撩拨着沿湖漫步的赶路人。再过些时日，夏季就该走到尾梢了，满地的蝉鸣迎不来立秋，短暂的生命拉不长轮回的线头。我看见柳条上趴着一只蝉蜕，正在等待入药，去疗愈那些患失忆症和相思病的人。

两侧的荷塘中，荷花盛开得娇艳而寂寞。立在上头的蜻蜓，早已不知去向。不少凋零的花瓣，睡在荷叶上，想把红退到最淡，淡成古人的诗句，或古画上侍女的腮红。我伫立在荷塘边，想象深埋在淤泥中的藕节——当它的美艳在人间消殒，恐惧和颤栗是否会填满它的空心？

天色将晚，太阳已经偏西。我希望在鸣翠湖多待一会儿，我需要一块湿地来净化我的烦恼。许久以来，我都想离群索居，但没有一片水域，能够安放我的孤舟；也没有一块绿洲，能够滋养我的梦想。可这个鸣翠湖，却让我有驻扎下来的渴望。哪怕在这里变成一只飞禽，我也愿意。你看远处那些自由自在地翱翔的鸟雀，除了活着本身，任何理想、情怀、道德、正义……统统不需要提起。

漫葡小镇

倘若你已经在这里，那就用不着再朝前走。与其翻越贺兰山，还不如选择在漫葡小镇落脚，抖掉满身的风尘，将自己抱紧，抱成夜幕下的一盏孤灯。一个人，哪怕走再远的路，也终究不过是生活的囚徒。你看周遭那些行色匆匆的旅人，有谁不是失魂落魄，有谁不是千疮百孔。即使那些微笑着坐在街边吹风的人，也是一脸惶恐。随风飘散的头发，像流浪汉的胡须，粘满了岁月的风霜。

小酒馆里传出来的歌声，在黑夜中回荡。唱歌的人和听歌的人，都不是歌曲中的主角，他们不可能生活得那么洒脱和浪漫。那个蹲在酒馆外面的黄墙下哭泣的孩子，应该也不是受到了歌声的感染，而是有可能想起了远在异地求生的父母，或躺在床榻上气息奄奄的爷爷或奶奶。从年龄上看，这个孩子顶多不过十岁，但他的表情告诉我，他分明已经成年，满腹的心事，暴露了他的局外人身份。

我从孩子身旁走过，假装什么也没看见。与我并肩行走的，是一个姑娘。她手里捧着一本畅销书，在滔滔不绝地谈论着对文学的理解。她说得慷慨激昂，内容涉及荣誉、鲜花和掌声。看得出，这是位有抱负的女子，她立志要做一名作家。只可惜，她所说的一切，我丝毫不感兴趣。我窄小的心房，早已被那个孩子和孩子的哭声塞满。

古城湾湿地

我来得太晚了。我应该在船下水之前到来。那时，芦苇还没有挺直腰杆，野鸭还没有在晨光中醒来。河道上的沙子，还在等待露珠将它们变成太阳。也就是说，我想看看古城湾湿地的从前——从前的干涩、荒芜和火焰。

不过现在也好，我迈过了它所遭受的苦痛，直接躺入它的绿色怀抱，像一朵睡莲，仰头望着星空。起舞的小鸟，贴地滑翔，翅膀勾勒出的弧线，串起浪花。各种水生植物，不说话，集体低头，在水面上写信。波涛是天然的邮递员，正不停地将植物的心事送往远方。我不知道谁是收信人，季节或时间？还是风雨或沙尘？我伸出双手，掬一捧水，试图捞起一封信来，瞧瞧上面到底写了些什么。可我眼睛看到的，只有逝水的空白。

　　船缓缓地移动，船舱中载着的，不只是我，还有我的思绪和他人的歌声。能靠岸吗？从上船那刻起，我就在想这个问题。我的想法抬高了水位。船在升高，我在降低。我总是与我的想法背道而驰。后来我发现，那个坐在船头唱歌的女子，比我更加魂不守舍。她用歌声跟自己争吵和撕扯，船在前进，她在后退。整块湿地上，都落满了她的叹息。我站起身，要走过去捂住她的嘴，却发现船已拐过好几个弯，她的歌声也在风中打出好几个结。

白芨滩

　　无法想象，白芨滩的昨日是什么样子。干裂的路上，是否躺着野兽的骸骨和飓风的皮囊。我甚至怀疑，这里是上帝抛下咒语的地方。黄沙掩埋的，不是死亡，而是希望。太阳从天空照下，烈焰从地上升起，中间的荒芜是唯一的存在。会不会有一场雨,曾经来过这里,幻想将渴死的沙子带回海洋。但事实是,雨水的梦想只能躲在沙子的梦想里。光秃秃的远山,堆满了苍黄的夕阳和日月的挽歌。

我从人间低处走来,伫立在白芨滩的高处,我看见白芨滩的秀发在风中飘。至于这些秀发是何时生长出来的,我不得而知。我只知道,在这些秀发生长出来之前,有无数的治沙人,被风沙削去了黑发,只剩下信念和慈悲,种植着千秋功业和从生命中发芽的绿苗。那些迎风而立的花棒,耐旱不屈的柠条,向阳扎根的沙拐枣,全都在证明活着的奇迹。偶尔,它们也会对着天地鞠躬,谦卑的姿势像极了顽强的人。

大风从天边吹来,想将我刮下山沟。我一个趔趄,死死搂住身旁一株花棒的腰,又慢慢地站稳了。瞬间,我的泪水夺眶而出。我蹲下身,用矿泉水瓶装了满满一瓶沙子。我想将自己的眼泪采集起来,带回家,放在书桌上。倘若日后我再也写不出文字,或自己的痛苦无处安置,我会默默地盯着这瓶沙子看。然后,想想在白芨滩目睹的一切,念念唯有自己能听懂的祈祷词。

沙湖

进入沙湖,我变得梦幻迷离,纠结自己是该坐在湖边濯足歌吟，还是该坐在沙丘上数沙读经。时间虚构了空间，空间虚构了现实。我看见自己的身影在湖面玩水，想法却在沿着沙滩狂奔。许多时候，我都不是一个我，我是自己的二分之一。我的一半浸在水中，另一半晾在沙地。浸在水中的那半时常喊热，晾在沙地的那半时常喊冷。我的痛苦由此而生，烦恼由此而起。有让我被分割的两半合二为一的办法吗？沙湖沉默不语，水与沙和谐共生。

我只能选择我的一半去抵达我的整体。于是我上岸，朝流沙的高处攀登。我想站在高处要比站在低处好，白云总在天上怜悯众生。谁知我每走一步，沙子都会瞬间淹没我的脚印，让我既看不清来路，也看不清去路，我的抵达成了我的另一种放逐。旁边的骆驼瞅瞅我，转身向太阳下跪。如果生存不是妥协，那么抗争必定是艺术。

也不知在沙丘上转悠了多久，我的无助被几个摄影爱好者抓拍。他们在拍我的时候，也是在拍他们自己。许多人都跟我一样，看似结伴而行，实际上却茕茕孑立。我不过是众多人的样本，在欢乐的人世苦度光阴。

夕阳西下，远处的沙脊上，走着一个断肠人。他佝偻的身子，在风沙中越陷越深。没有人拉他一把，孤独过于喧嚣，信念扑不灭人间烟火。

石灰井

从挖出煤的地方挖出火,从挖出火的地方挖出记忆。天坑地缝填不满欲望和忏悔。那些由人工堆积起来的山峰,长满了霉斑。撕裂的伤口,喊不出疼痛。狗尾巴草和蒲公英悉数被腰斩,春风吹不绿塞上江南。生活,我们都没有把它过好;日月,使太多的人无处还乡。

许多个冬天过去了,一个满身伤痕的人,扛着一把铁锹来到石灰井,说要在这里种一棵树,还要种下一个寓言和传说。他的举动惊醒了沉睡的山神,连苍鹰和野风、白云和雷电也受到了召唤,出来替他摇旗呐喊。唯独太阳默不作声,散发出愤怒的光芒。还有星星和月亮,也在嘲笑他的愚蠢,说一个病人描绘的童话,谁信?可这个倔强又绝望的人才不管这些,他只管种树。种死一棵,接着种第二棵。种死第二棵,接着种第三棵……终于,在他死之前,他见到了树的生。

又是许多个冬天过去,一个剧组来到石灰井,说是要为一棵树拍摄一部电影。他们在石灰井转来转去,可就是找不到该由哪棵树来担任主角。每棵树都在向他们讲述生死,每种讲述里,都会浮现同一个种树人。

后来,导演干脆改变了主意,由拍摄树转换成拍摄种树的人。可种树的人实在太多,谁都不愿跑去电影中出风头。

树不语，人怎么好意思邀功。再后来，这个剧组就解散了。可剧组人员自愿留在石灰井种树，导演也改行成了一个收集灵魂的人。

我去过攀枝花了

东华山

　　缆车拖着我，我拖着自己和满腹心事，上东华山。偏西的太阳像一枚徽章，别在青天的胸膛上。徽章之下，是层峦叠嶂的山峰，山峰下蜿蜒的河流，河流旁古老的村庄，村庄中守候的故人，故人心中永久的故乡。

　　我站在山顶上，高度无言。一个长期活在低处的人，患有他人无法理解的恐高症。那些屹立崖畔的树，好像有话要说。它们深扎的根，始终拉不住乱走的云。树的委屈似一条虫子，蜷缩在叶片上，越裹越紧。我怎么也不会想到，树也有不想做树的时候。你看那株腹大如鼓的易木棉，头上开满了红花，躯干上却长满了孤独的芒刺。我从树下走过，分明听见易木棉在央求我背它下山。

我不能做这样的事情。我既不是孤独的带刀侍卫,也不是侍弄庭院的园丁。我只是一个移步观景的异乡客,既不沾花,也不惹草,更不会带把斧子,去把树的孤独移植到鸟的体内。树有树解决不了的难题,人也有人解决不了的难题。

夕阳在远山打量着一切,以上帝的视角俯视人间。我看了它几眼,认识到自己的渺小。我想趁夕阳下山之前先下山去,躲进黄昏的怀抱,孕育自己的梦。

有梦终归是好的,不管在梦中我们会遭遇什么,哪怕我们的梦是易木棉头上的花朵,是花朵错过的季节,是季节之外的逃离,是逃离路上的沙尘暴。

攀钢轨梁厂

在攀钢轨梁厂,我见到火的荣耀,那是火最开心的时刻。它输送给人间的,不只是光芒,还有力量和方向。

在此之前,我对火一直存有误解,以为它只能将生米煮成熟饭,只能助暴君"焚书坑儒",只能替春风烧尽野草,只能为瞎子白点油灯……但现在我的看法变了,我觉得唯有经过火锻造的事物,才是有韧性和生命力的。也就是说,火推动了人类的革命,它是希望之源。

我没有见过从前那些工人们是如何用火抛洒热血的，又是如何在火中高喊号子，把白天和黑夜缝缀起来，织成一张迎风飘扬的大旗，与寒暑相伴，与日月同辉。多少迁徙的候鸟，在火啸的呼唤中，告别了故土和家园；多少青春的脸庞，在火光的映照下，变成了往事和回忆。

历史不堪回眸，关于存在，又有多少人能够参悟得透。所谓的理想，所谓的奋斗，所谓的信仰，落实到血肉之躯上，也许只有痛是真实的。征服从来不是一件令人愉快的事，牺牲也未必值得赞扬。炭火没有落到自己的脚背上时，一切都是可以宽恕的、原谅的。反正，众人都走同样的路，踩着他人的胸膛前进，照样可以颁发勋章。

我不是众人。我从轨梁厂走过时，更多的路正在诞生。时代究竟不同了，过去无路可走的地方，如今也被钢轨铺设了路。只是我搞不懂，为何现在的路越来越多了，走路的人却越来越少。就像一个寻找故乡的人，越靠近故乡，却离故乡越远。

道路延伸的地方人迹稀少，火光照耀的地方月明星稀。

狮子山万吨大爆破遗址

我来晚了，没有听到那声震彻山谷的巨响，也没有见到那片燃烧信仰的火光。但我能够想象那种场面，人的力量是可以胜天的。云遮不住梦想，山挡不住自由。遍插的彩旗，摇撼曙色；翻转的世界，歌声飞扬。

或许是夕阳的缘故，使对面裸露的矿岩像镀了一层金粉。记忆就被掩盖在金粉下面，氧化成了传说。我盯着那山体看了许久，也没有一只鸟飞过来，将我的目光刁回人间。我知道自己是走神了。许多时候，我都难以进入历史的窄门，去探寻一片广阔的天地。我积聚一生的力量，只够我叹息三声。

人与人是不一样的。五十多年前，无数如我，或比我更年轻的人，扛着炸药爬上山顶，只为从雄狮的肚子里唤醒春雷，催生新的希望。他们小心翼翼地呼吸，把生死挂上日历，在自己的脊背上刻下墓志铭。每个人都是铁，每个人都是钢，每个人的双手都可以托举太阳。

我相信，时代需要开路人，历史需要急先锋。凡是太阳升起的地方，都有虔诚祈祷的人。我们不可能永远生活在恐惧中，我们也不是那些挥舞着鞭子、瑟瑟发抖地驱赶羊群的小孩。我们是造梦者，绝不会迷失在梦中。

你看，那声巨响之后，刀锋般的剑麻已经插满了山坡。

苴却砚

我第一次知道苴却砚，像第一次知道藏在体内的孤独，有些惊讶，有些慌乱。这说明，在这个人世间，我不了解的事情，实在是太多了。我活在我之外，又活在我之中。

长久以来，我都以为自己是块石头，太硬了，骨头硬，性格硬，命也硬。但见到苴却砚后，我才开始自卑起来。原来，我的硬不过也是一种软弱。几十年来，风雕刻过我，雨雕刻过我，日雕刻过我，霜雕刻过我，始终未能将我雕刻成一块玉。我只是别人手中的一个把件，人家想玩就玩，想扔就扔。

苴却砚就不一样了，它被人雕凿成砚台，既可以摆放在博物馆，供人观瞻，也可以摆放在文人的书桌，成为宝物。它们的胸腔里盛放的是墨水，我的胸腔里盛放的却是苦水。倘若遇到丹青妙手，它们的福气就更大了，不但可以价值倍增，还可以跟着主人流芳百世。不像我这块顽石，即使有幸遇到如米癫这样的谦卑文士，恐怕也不会正眼瞧我，更不会低头拜上一拜。一块撞不碎鸡蛋的石头，怎么说都是讨人厌的、失败的。

其实，我又何尝不想被雕凿成一方砚呢，只是遇不到好的工匠。那些好的工匠，早在我的想法形成之前，就改行雕刻佛像去了。他们说，只有雕刻的佛像越多，自己才能活得像个人。

红格镇昔格达村

我走进昔格达村时，夕阳正在回忆往事。所有的道路，都在通向它的回忆之门。唯独我，站在夕阳的回忆之外，像个守门人。可我能守住什么呢？能守住夕阳不会落下山坡？能守住进村的人不会在村中迷失？能守住发过誓言的人不会劳燕分飞？能守住诚实善良的人终生不会撒谎？

问出这些话，我自己都不相信，昔格达村的村民也不相信。我的闯入非但不能提升他们的幸福指数，反而会使他们疑神疑鬼。误以为我是一个盗贼，会将他们的大梦偷去，像贩卖大蒜和西红柿般，便宜卖给那些死要面子活受罪的人。

我不能给他们这样的错觉。我也是农民出生，于心不忍。在大地上求生存，令我们胆战心惊的事情太多了，令我们欲哭无泪的事情太多了。我必须躲着他们走，才能使他们不起疑心。底层人何苦为难底层人。你看那位佝偻着身子的大爷，从门缝中瞥我一眼，就迅速把门掩上了。如果他再多瞥几眼，整个村子都将不得安宁。

我不想制造恐慌，索性朝远处的田园走去。可我走得越快，越感觉恐慌在尾随我。连夕阳都停止了回忆，撒下光网将我拦住，试图盘问我的来龙去脉。我能坦白什么呢？在中国的村庄，我唱不出外国的小夜曲。

也不只是我，大凡那些如土地般沉默的人，都似篱笆上挂着的炮仗藤，只开花，不响的。

米易梯田

庄稼都收割了，金黄还留在田里，就像有些出嫁的姑娘，心里还装着另一个爱人。你不能说这不道德，许多结果都迫不得已，许多承诺都言不由衷，许多伤害都披着正义的外衣。

谁能告诉我，在梯田出现之前，这片土地是什么样子的。有没有牧童放歌给吃草的牛羊听，有没有鲜花簇拥着幸福的墓地，有没有勤劳的姑娘在播种希望时挥汗如雨……

假如我的假设成立，那梯田的出现就是必然的。大地太贫瘠了，需要有一部分土地先隆起。你看那梯田隆起的幅度和骄傲，足以令三山五岳颔首。在创造人类历史的辉煌史诗中，素来没有缺席者。

我站在山头朝下望，看见山川美如斯。田埂拉出的线条，在型塑生存，诠释生机。等过了这个冬天，春天又该携带理想降临。到那时，梯田里是否会出现忙碌的身影，是否会有人跪在田中央恭敬地磕头，像愧疚的儿女跪拜母亲。

这不是担忧，也不是愿景，这是梯田上本应生长的东西。粮食是给人吃的,靠吃粮食活命的人,心田上不能只长野草。搞懂这点,梯田才不会塌方。梯田的上空才会每天都有朝阳升起,百鸟飞翔。从梯田上走过的人们,才会肉体和灵魂都不再饥饿。活着的每时每刻,每分每秒,都似在与虚无的人生和解。

南昌写意

八大山人

在你的纪念馆，我找不到进入你的门。庭院中的沧桑老树上，好似吊着一个明朝遗民的头颅，睁大的眼睛，在瞅着破碎的山河和辉煌的过去。坠落的黄叶，像纷飞的纸钱，在风中摇曳。无论它们落在哪里，都有拾落叶的人在东张西望。

我知道，你憎恨这一切，诅咒这一切，但你无力回天。你的呐喊只能暴露你的行踪。追杀你的人，正在阳光下寻欢作乐，唱起新的命名之歌。你低着头，从他们身旁悄然走过，心跳的声音震碎了他们的酒盏。他们血红着眼珠，拔出生锈的长剑，向你拼命挥舞。那模样，酷似无数个帝王挥舞着权杖。

你颤抖着身子，东躲西藏，身后流淌的血迹，染红了夕阳。你不知该往何处去，所有的道路都被堵死，你的心上插满了白幡。在死过无数次之后，你拿起了画笔，开始替人间画像。画山，画水，画树，画鸟，画草，画鱼……画似人非人，画似鬼非鬼。

后来，在一个名叫青云谱的道院，你隐姓埋名，装疯卖傻，以哑巴的方式与权利对话。谁知，再次死去的你，却在画纸上获得了重生。慕名前来索画的权势者，吹灭了你点燃的香烛。可你凭借幸存者的孤傲，照样不妥协，只将画作分赠给山僧、贫士、屠夫、孤儿，坚决不卖给你所厌恶的那些王公贵胄。

风骨之刀狠狠地将你刺伤。你不得不拖着老迈之躯离开了青云谱，逃到南昌城郊的潮王洲上，搭盖了一所草房避世，并启用"八大山人"署名作画，直至老死，将绝望和希望一同埋葬。

我伫立于"个山小像"前，默默地看着你清癯的容貌，心分外的寂寞。

你在画中哭之、笑之；我在画外笑之、哭之。

海昏侯国遗址

王位被废黜了，繁华是否也随之废弃？尊严是否也随之废弃？欲望是否也随之废弃？一个贬谪至民间的贵胄，依然镶嵌着黄金的头骨。

在海昏侯国遗址，我见证了奴役与自由。即使王权与生命都尽归尘土，梦想和阴谋仍在野草般疯长。难道瘦死的骆驼真的比马大吗？挥金如土的人从未停止过仰望苍穹。

那些生锈的铜镜上隐现的孤魂，还在三拜九叩，跪地呼喊。那一辆辆排列整齐的马车，还拖载着一个豪华的宫殿。哪怕只做过一天帝王的人，也不可能再回到人间。傀儡戏也是戏，喜欢演戏的人，从来比喜欢看戏的人要多。

我在遗址展厅里来回踱步，真切地目睹了黄金打造的痛苦和青铜铸造的欢愉。那数百枚柿饼一样的金子，还捍卫着消失的童话；那件丝缕玉衣下裹着的牙齿，还顶着过时的呓语；那枚长满绿锈的箭镞，还散发着血腥的气息……但一切都完结了，历史的洪钟再也敲不响挽歌之声。

帝王也罢，草民也罢，谁又能走出自己的深渊呢？在暗黑的地底，是见不到未来的。哪怕再耀眼的金光，也照不亮亘古长夜。可惜这个短命的废帝刘贺，并不懂得这个道理，临到死时，他都还在苦苦挣扎，幻想重登宝座——如那个名叫维克多·谢阁兰的法国诗人所写："皇帝说道，让他回来吧，我将接待他，迎接他，像对待一个客人。像对待一个卑微的客人，按照惯例，赏他一次短暂的接见、一顿饭、一身衣服和一副假发来掩饰他的秃头。"

李渡古镇

下那么大的雨干什么，即使天塌下来，也不会再有人挺直脊梁，撑起一片天空。曾经在这个古镇喝醉酒的硬汉们，似乎都没有再醒来。许多时候，睡去永远比醒着好。至少，他们不用担心活着的贫困与潦倒，苦闷与彷徨，挣扎与战栗……

我站在元代烧酒作坊遗址前，寻找火与云烟。记忆的缝隙中，几个文人雅士正各自在古镇上借酒浇愁，吟诵的诗句陶醉了低飞的鸟群和摇摇欲坠的春天。晏殊有些愁眉不展，举起酒杯对着夕阳长叹。凋零的花朵落满了小径，却与寒冷无关。王安石躺在李渡的石凳上，抚摸着疼痛的胸口，试图用酒替自己的理想消毒。欧阳修斜靠在酒肆里，与友人推杯换盏，心里琢磨着要写一首诗，来填补内心的空虚。汤显祖呢，则喜欢独来独往，躲在一个角落里，构思他的《还魂记》。想到动情处，禁不住泪水涟涟。

雨越下越大。我真想大醉一场，以朦胧醉眼，瞅瞅那些古代文人遗失在李渡的"魂"。无奈天就要黑了，我担心找不到回家的路，索性溜到旁边的毛笔博物馆，希望借助软笔替自己写一条归途。可那些笔都太金贵了，有帝王用过的，有名流用过的。我一介布衣，即使提笔，恐怕写出的也不会是一条坦途。我想想，还是转身走了。笔写春秋大义，也写腥风血雨；写帝王将相，也写才子佳人；写英雄豪杰，也写卑鄙小人。

那么，我能写什么呢？我写我不写的。

从博物馆出来，疯狂的雨追着我跑了好几十里路，像是在追一个文学界的"叛逃者"。我的心惶恐不安，难道我写了什么不该写的文字吗？我这样问自己。忽然，我的耳畔响起了小提琴协奏曲《梁祝》。浪漫而舒缓的旋律，瞬间让我泪目。演奏这首曲子的人叫盛中国——一个从李渡走出去的著名小提琴演奏家。

黑夜中，我重新成了一位战士。在音乐的爱的旋律洗礼之下，我吓退了暴雨，也吓退了内心的怯懦。

唯有以笔为枪的人，方才可以刺铁穿钢，雕刻信念的碑文。

洪崖丹井

夜幕降临，我朝高处攀登。我知道摘不下星辰，但也不想被夜幕覆盖。一级一级的青石台阶，像超长的琴键，抬升了我的道德和审美。在造访洪崖丹井之前，我已有几分惧怕音律。许多个不眠之夜，我都是我自己的不和谐音符。

路上几乎没有行人，唯有几只晚归的倦鸟，在老藤搭建的绳桥上窃窃私语。不知它们是在追忆已逝的光阴，还是在庆幸自己又躲过了一劫，没有在白昼魂飞魄散。两旁的竹林形成屏障，遮蔽了可能发生的一切——神的出没、人的狂欢、隐士的长啸……

那个名叫伶伦的人，到底经历了什么，使之从庙堂逃到民间，放下红尘，藏入山中。他是厌倦了伴君如伴虎的惊恐日月，还是被强权剥夺了生存？一个如此浪漫有趣之人，竟也难讨帝王的欢心。

那么罢了，人活着，最重要的是找到自己的韵律和节奏——与其委曲求全，不如独善其身。这位洪崖先生，在爱过、痛过、恨过、哭过之后，终于脱胎换骨，只与天地精神相往来。他以山泉为朋，以飞鸟为友，整日凿井炼丹、断竹奏乐，将内心的流水和血液，变成宫商角徵羽。又创建十二律，来反抗世界的沉闷。既然不能辅佐帝王治理天下，使苍生归顺，那就去做音乐的鼻祖，用音律抚慰苍生的灵魂。

洪崖先生果真知音众多，在五音和十二律的感召下，唐朝的张九龄、权德舆、宋齐丘来了，宋朝的岳飞、王安石、张商英、周必大来了，明朝的张位也来了。他们来，不只是为颐养性情，乐天安命，更是为虚构一种人生，将现实的激愤转化为山涧的飞瀑。

黑夜静谧，我站在洪崖乐祖雕像前，内心响起排山倒海式的激越之声。这声音有一种神秘的力量，它已超越了音乐本身。

明清文化园

这么多座明清时期的园子在夜晚出逃，汇聚一处，寻找它们的主人。难道它们不怕黑吗？万一有人举着光明之火将它们点燃，它们流落各地的主人会不会星夜兼程地赶回来，跪在已成灰烬的祖居门前，大放悲声，或从火堆中掏出陈年的悲伤和亡命天涯的记忆，昭告后世。

我在满目疮痍而又富丽堂皇的宅子间穿来穿去，学做一个品德高尚的古人。可我无论怎么学，感觉都有一双眼睛，在雕花的窗棂背后盯得我毛骨悚然。谦谦君子哪有那么好做啊，撕开面具，人人都露着一张面目狰狞的脸。

那位带领我游园的评书先生倒是洒脱自在，他声情并茂地将古代的权力博弈与宫闱斗争渲染得入木三分，自己却像个卧龙岗"散淡的人"。我很想诘问他，为何不讲讲这些园子里的寂寞、哭声和疼痛，但又怕扫了看客们的雅兴，被斥为哪壶不开提哪壶，落得一个千夫所指的下场。

我虽然不懂文化，倒也实在没必要去揭文化的伤疤。在伤疤上绣一朵花多好，这样既讨人欢喜，又不触犯众怒。然而，我生来就不是一个绣花匠,即使勉力绣之,也只能将伤疤越绣越烂。许多伤是遮不住的,许多痛是遮不住的,许多事是遮不住的。

弥足珍贵的工艺,博大精深;永无餍足的欲望,想入非非。

一个人的巫山

冬日的巫山水汽弥漫。

那水汽，形成一层薄纱，裹住夜，裹住月，裹住树，裹住山，也裹住我这个刚刚抵达巫山的疲倦的旅人。放眼望去，依山而建的县城错落有致，明亮的灯火忽闪忽灭。人走在整洁的街路上，像走在一个远古的梦境里。这个梦境也被水汽和白雾所笼罩，它是如此的迷人。风从长江边吹来，吹过黑夜的肌肤和城市黯淡的灯火，落在我梦境的边沿，像一枚黄叶，穿过冬日的梦境，落在季节的边沿，风和黄叶，都是时间对巫山的纪念。

我独自在江岸上静静地走着，像那条船在江面上静静地走着。我和船都沉默不语，我们都负载着各自不同的重量和乡愁，在黑夜里赶路，去寻找黎明的曙光。船在河流上往返，我在记

一个人的巫山

忆里回溯。夜寒冷又漫长，我站在巫山的江边，茫然四顾。江对面的山奇险而高耸，形成一张夜的帷幕，将我的思绪挡住。我不想再在外面久待了。我到巫山，本不是来悲冬的。只因巫山寂寥而幽美的夜色感染了我，才使我有了这番遐思和冥想。

回到酒店的房间，我很想尽快入睡，把刚才的游思隔绝在睡眠之外。可我越想睡却越睡不着，暗夜的寂静放大了我的清醒。窗外偶尔有汽笛声传来，像一声嘹亮的鸽哨，惊动了冬日的沉寂。我躺在床上，时间的指针在滴答滴答地响。午夜正在逼近，屋外的寒气更重了。那一刻，我感觉自己就是一个"寒冬夜行人"，留宿在异乡的客栈。我不知道要去哪里。我没有来处，也没有去处。我只是午夜里的一盏渔火，或电台里传出的一阵歌谣。后来，还是在一首台湾民谣的反复安抚之下，我才终于进入梦乡。

醒来，已是次日早晨。白天的巫山是与夜晚不同的。昨晚的梦境早已烟消云散，而我那些不着边际的冥想也似乎根本没有发生过。水汽也消散了，天地一片清明。这是个冬天里少有的晴日。太阳早早地露出笑脸，将光芒洒向河面。水波一浪连着一浪，仿佛整条江都铺满了黄金。我坐着游轮，在滴翠峡上徜徉。两岸的山崖壁立千仞，抬头仰望，我看见山在山之上，宛如云在云之上。那些山形状各异，是自然界雕刻出来的杰作。右边的山，比左边的山颜色要深一些，斑斑驳驳，那是岁月走过留下的痕迹。我凝视着山壁上的图案，我以目光抚摸它们，我一下子生出了幻觉。我感觉自己变成了一只苍鹰，在山的上空翱翔和俯冲。那崖壁上的每一个图形，都是我用翅膀拍击出来的梦想。山收藏了我的梦想，也就收藏了一个弱小生灵的眼泪和欣悦，搏击和长啸，悲歌和苍凉……

游轮缓缓地向前移动。我站在船尾的甲板上，阳光照不到我，只能照到山的顶端。那顶端，我看不见，只能猜测和想象。我想象阳光如何使山有了高度，想象山如何使阳光有了柔情。我还想象，当清晨第一缕阳光照临巫山的时候，那些山该是怎样的生机勃勃；而当暮晚最后一抹晚霞从巫山消失的时候，那些山又该是怎样的孤孤单单。我一直坚信，巫山的群山是因为阳光而获得了永恒，就像巫山的水是因为群山而获得了灵性。

山是大地最寂寞的、最坚硬、最智慧的部分，它们从地心深处拱出，其目的就是为了触摸太阳。太阳是大地的梦想和希望。地层之下的生活太荒凉、太沉寂、太暗淡、太幽闭了，需要有光来照耀。这很像人，每个人的内心都有一个暗角。如果那个暗角长久得不到光明的临照，就可能潮湿，发霉，乃至病变，最终成为一个死角。故我们每个人都需要经常晒晒太阳，把心窗打开，将光线引入心房。这样，我们才能感受到温暖，感受到活着的美好和意义。

阳光继续在山顶跳跃，它形成了另一种高度，比山更高。这高度，你只能体察，却不能丈量。游轮越朝里走，溪流面越窄。我感觉自己走入了一条地缝之中，再往前，就没有路了。我把自己放逐到了一个无人之境。这时，我的心情很复杂。我想到了很多事。这种濒临绝境的感觉是生活中常有的。爱情、事业、写作、生命，都会面临绝境，像我乘坐的游船，进退维谷。有时，假如我们意志坚定，咬咬牙，挺一挺，或许尚可绝处逢生。但更多的时候，你都只能面壁浩叹，徒唤奈何。这便是人活着的困境。在滴翠峡，我再一次感到了畏惧，人在自然面前的畏惧，在命运面前的畏惧。山兀自立着，水尽自流着。我伫立在船头，感受到深刻的孤独。我的孤独，是否也是山的孤独、水的孤独、时间的孤独和天地的孤独呢？

从滴翠峡出来，已是正午。吃过午饭，游轮驶入了巴雾峡。巴雾峡比滴翠峡开阔，山也没有滴翠峡险峻。我刚才恐慌的心稍稍变得平稳了一些。峡谷两岸，满山的红叶盛放，仿佛在这条溪谷里，刚刚举行过一场集体婚礼。崖畔上的每一株红叶，都是爱情馈赠的胭脂。那些"胭脂"涂抹出一张巨大的红绸，将连绵起伏的山崖罩住——罩住山崖的寂寞和欢喜、冷酷和热烈。我从山崖下走过，我见证了山崖那一瞬间的幸福。我知道，这山崖的幸福来得太不容易了。幸福也是分深浅的。有的幸福来得太快，朝云暮雨，所以转瞬即逝。

这样的幸福是浅薄的,生活中每天都在上演。而有的幸福却需要四季持续的守候,才能换来一生的辉煌和宁静。这样的幸福是深刻的、甜蜜的、温馨的,它的内里包孕着时间的窖藏、等待的福祉和守望的初心。

我又想到了孤独——爱的孤独。没有孤独的爱是虚幻的,没有爱的孤独也是虚幻的。只有懂得在爱中享受孤独,或在孤独中享受爱的人,才能通向爱的圆满。在这个世界上,没有孤独,也就没有爱。爱得越深,孤独就会越深。红叶爱上了巫山,实际上是爱上了巫山的孤独。红叶不会表达爱,它只能默默地绽放,把孤独绽放成爱的颜色。这种颜色,巫山是懂的,心疼的。但山不说话,只流泪。整条长江,都是山流出的眼泪。或许是红叶不想看到山那么痛苦,才在每年最寒冷的季节,盛开那么短暂的一段时间。可哪曾想,就是这短短的绽放,却使山背负了永久的情债。

不知不觉间,天色已近薄暮,太阳也收了它那最后的光线了。水汽重新聚拢,凝结在船舱玻璃上,有一种氤氲之意。我走回舱内,再次向山崖望去,那满山的红叶还依稀可辨。游轮系缆靠岸时,我好想随手摘一片红叶,放入水流之中。我想让这枚红叶,带着山的眼泪去流浪,流向远方,流向未来,流向每一个晨昏,每一个冬季,每一个心魂……但我到底没有这样做。我怕我那一厢情愿的轻妄之举,会使红叶即刻凋零,像一滴雾珠，破碎在季节的草叶上，只剩下梦想破灭之后的忧伤、彷徨、空虚和绝望。

入夜，房内悄静，没有一点声响。我撩开窗帘，只见一轮硕大的明月挂在天穹。月亮之上，夜色浩茫，无涯无际；月亮之下，一个旅人，独自凭窗。

金佛山之雾

我来的时候,雾已经先来了,它比我更早到达金佛山之巅。在这个世界上,总有些什么赶在我的前头,去与我追赶的东西相遇。无数次,我都想加快步伐,超过那些跑在我前面的事物,结果仍是徒劳。无论我怎么跑,都是这个时代的落伍者。就像现在,即使我紧跟着雾的脚印走,也走不成一片云,或云之上的青天。

那么,我索性放慢脚步,在金佛山上兜兜转转,让雾把我包裹住。倘若雾不散去,我就不下山。我愿意跟雾待在一起,不再去看雾之外的一切,包括人间和春天。

与我想法一致的,还有山上的方竹和古树。我从一条小径穿过的时候,成片的方竹分列左右,形成栅栏。雾就挂在上面,像一匹白布帘子。我伸手摸摸,只摸到雾的影子和方

金佛山之霧

竹的骨头。更多的方竹，则躺在地上，睡着了，将雾盖在身上，当被子。那些古树呢，就站在方竹林中，头昂得高高的，想把雾顶起来，抛向天空，摔成雨。可雾实在太大了，树已老得没有力气，它们刚刚将雾抛起，雾又快速落下来，罩在树冠上，给树缠上一张白帕子。于是，方竹和古树都安静了下来，金佛山同样安静了下来。我也安静了下来，我的想法更是安静了下来。

雾越来越浓，让我辨不清方向。我靠在一棵杜鹃树上歇气。树的皮肤很粗糙，我抓来几把雾，替树磨皮，使它变得光滑些，但树枝上的杜鹃花全在笑我。我顿时羞涩起来，不敢抬头朝上望。我怕看到杜鹃花的脸色，也怕看到杜鹃花短暂的花期。如此说来，雾真是杜鹃花的知己，它保护了花的生长秘密。当然，天下的花本就不是为天下的人而开的，即便人看见了花，花也依然开在花的世界里，不会跑去人的心里报春。那些自认为心中有花盛开的人，其实不过是自己原谅了自己，把梦寐假想成了花魂。

春风在湿雾中缭绕，吹得我周身发抖。我只好离开树，往雾的深处走。我相信雾既然锁住了我，就一定会给我留地址。不然，它散去之后，就不会有人写信，告诉它山中的日月和季节的私语。可是，现在我还没有发现雾留的地址藏在什么地方。它是将之埋在了树园里还是草丛中，抑或直接写在了某块崖壁上。我会想方设法找到它，使雾放心。我要让雾知道，我不只是一个过客，也可以是一个信使。

视线越来越模糊，连眼前的路阶都看不清了。我只能跟着感觉走，在没有人引路的时候，我必须成为自己的灯塔。我沿着步道小心翼翼地走着，步道延伸向哪里，我并不清楚，在雾中行走有太多的不确定性。我只知道，在我的左边，是悬崖峭壁，长满了荆棘和藤蔓。由于看不见，我也懒得去猜想悬崖上的风光。既然雾不想让我看见，我又何必去自讨没趣。许多东西，不看见比看见好。

也不知走了多久，雾似乎比先前淡了些，由乳白变成了银灰。眼前的景物逐渐清晰起来，我看见不少的树都脱光了衣裳，繁密盘错的枝丫裸露着，酷似一幅幅水墨画，又似书法的线条，生动而和谐。远处的山峰，也依稀露出轮廓，像巨笔勾勒出来的素描。我很想把金佛山的这批天地之作拓回家去，裱起来，挂在客厅，使枯燥的生活增添几分诗意。正这么想，不知从哪里窜出来几只松鼠，在距离我不到一米之处蹦蹦跳跳。我数了数，拢共有五只，三只大的，两只小的。我的心一下子激动了，刚才所见的画也活了起来，有动有静，相映成趣。松鼠都不怕人，我蹲下身，它们也不逃跑，两只清澈的小眼睛盯着我，好似已认识我多年。我想，莫不是我在雾中行走的时候，它们也在雾中行走，赶来与我相遇吧。

不多一会儿，雾就散开了，松鼠们瞬间隐踪匿迹，我也没有必要再去寻找雾留下的地址。缘聚缘散，恰如雾聚雾散，顺其自然便好。

吴佳骏

1982年出生于重庆大足，《红岩》文学杂志社编辑部主任。在主要文学刊物发表作品逾两百万字，入选各类年度选本数十种。曾获紫金·人民文学之星文学奖、冰心散文奖、长安散文奖、丝路散文奖、丰子恺散文奖、刘勰散文奖等。

出版作品

散文集

《掌纹》2009
《院墙》2010
《在黄昏眺望黎明》2012
《飘逝的歌谣》2012
《巴山夜雨》2014
《生灵书》2015
《雀舌黄杨》2017
《谁为失去故土的人安魂》2017
《我的乡村我的城》2021
《小魂灵》2021
《小街景》2022
《小卜辞》2022
《贴着大地生活》2024
《舍斯托夫的往事》2024
《行者孤旅》2024

文化随笔

《莲花的盛宴》2014

长篇小说

《草堂之魂——一代诗圣杜甫》2019

纪实文学

《结婚季》2016

文学评论

《散文家们》2024